魔幻偵探所

51

憤怒的巨鯨

關景峰 著

新雅文化事業有限公司
www.sunya.com.hk

魔幻偵探所

人物介紹

南森

身分：魔幻偵探所創辦人、領頭羊

年齡：120歲

畢業學校：斯塔福德學院（伏魔系）

學位：博士

捉妖經驗：108年，獲得「捉妖能手」、「怪獸剋星」等稱號

性格：遇事鎮定、善於思考，生氣時聽到幾句好話氣就消了

最具殺傷力的武器：
顯形粉、捆妖繩、無影鋼鐵牆

海倫

身分：魔幻偵探所成員，南森的得力助手

年齡：13歲

畢業學校：劍橋大學（法術系）

學位：學士

性格：開朗、逢事觀察細緻，吵架時總讓着本傑明

最具殺傷力的武器：捆妖繩、凝固氣流彈

本傑明

身分：魔幻偵探所實習生

年齡：11 歲

就讀學校：牛津大學（捉妖系）

性格：聰明淘氣、遇事毛躁

最厲害的戰術：非常規戰術

派恩

身分：魔幻偵探所實習生

年齡：10歲

就讀學校：倫敦大學魔法學院（反幽靈技術系）

性格：聰明活潑，非常好勝，有時候喜歡誇誇其談

保羅

身分：魔幻偵探所機械狗

年齡：100 歲

工作能力：無所不知的電腦資料庫，善於用百分比分析事物

性格：異想天開、調皮、懶惰

最喜歡的食物：潤滑油

最具殺傷力的武器：追妖導彈

特級裝備

捆妖繩

能夠對準魔怪迅速旋轉收縮，將它捆緊綁實，繩子一旦落到魔怪身上，就像嵌入肉裏，魔怪越掙脫綁得越緊，當然放繩子時可要放得準才行。

無影鋼鐵牆

這堵牆其實就是氣流，它把氣流變成了無影無形的鋼鐵牆壁，能將敵人困在其中，衝不出去。

顯形粉

這是一種非常神奇的粉末，即使魔怪偽裝、隱形了也完全能顯現出它的原形。對了，「顯形」就是「現出原形」的意思！

裝魔瓶

能把魔怪收進裏面，使其在三天內化成清水的神奇瓶子。即使魔怪身形再龐大，也能收進瓶內。

幽靈雷達

能夠準確測定氣流存在的方位，並及時發出警報的裝置。它能跟蹤、測定魔怪在哪裏。不過，如果魔怪的魔力非常強，幽靈雷達有時候也可能測不到，它的更強大的功能還有待你去改進！

追妖導彈

能夠自動尋找魔怪，進行智能追蹤的導彈，這種導彈威力比較大，一般魔怪根本抵抗不了。

魔幻偵探開始行動！

目錄

第一章　遊輪撞擊

阿根廷以南，德雷克海峽之上，一望無垠的海面，豪華遊輪「極光號」徐徐前進，從遠處望去，這條船就像懸浮於水面之上一樣。海上晴空萬里，海面和天空的顏色混為一色，無人不為這樣的美景而心曠神怡。

遊輪甲板上，三、五個人一夥，站在船舷旁，看着海面的風景。

南森和幾個小助手站在船頭左側的船舷邊上，遙望遠方。海倫抱着保羅，保羅此時要扮做一隻玩具狗。

「可惜只有十天的賞鯨之旅。」本傑明陶醉於這美景之中了，「太短了，過不了幾天又得回去了。」

「最好有十年。」派恩跟着説道，「本傑明，我可沒有嘲諷你，我的感覺和你一樣，如果我們一直在這裏，在這遊輪上，那該多好呀。」

「你們就知道玩，博士這次可是花了大錢了，就我們偵探所那個財務狀況，很多案件破了也不收費還倒貼，買試驗設備和原料的錢都捉襟見肘。」海倫説道，「還説十年呢，一個月就破產了。」

「所以我們要珍惜這十天，一天當成兩天過。」本傑明說着很是感慨地看着南森，「今年年底，我們還有一次旅行，對吧？博士。」

「計劃是這樣的，如果沒有突發的案件。」南森笑着點點頭。

「看，那是鯨魚吧？」保羅突然激動地叫起來，「才開到海峽上就看見鯨魚了。」

海面上，有一條很大的魚突然躍起，隨後插進了海裏。

「就是一條普通的魚，說了多少遍了，這是近海，還沒有鯨魚看。」海倫有些不屑地說。

「也許……有一、兩條來這裏度假的，就像我們一樣。」本傑明笑嘻嘻地說道。

南森他們是前一天從阿根廷最南部最大的港口——烏斯懷亞港出發的，他們要越過阿根廷和南極大陸之間的德雷克海峽，抵達南極洲的利文斯頓島，然後再返航。這是一次賞鯨之旅，只要在德雷克海峽上開上一段時間，就能看到在海裏出沒的鯨魚了。偵探所的幾個小助手，一直都期盼着這次旅行呢，出發後的第一個夜晚，他們都興奮得久久不能入睡，第二天一早就起來，跑到甲板上看鯨魚。

「大概再往前行駛一百公里，就能看見鯨魚了，有可

能會遇到鯨魚羣呢。」海倫望着海面説道，她可是充分地查詢了資料的。

「我最希望看到藍鯨，地球上最大的生物。」派恩説道，「海倫，到時候一定要給我和藍鯨拍個合照呀。」

「你要跳下海嗎？」保羅笑着問。

「不用，我就靠在船舷上。」派恩説，「這裏的水太冷了，再説藍鯨要是游過來，一口把我吞了怎麼辦？」

「你還不夠藍鯨塞牙縫呢。」本傑明説着看了看甲板上，甲板上的人少了一些，「嗨，我想起來了。保羅，你來的時候説的預感，我看你可能想太多了……我看這裏一切都好，這是一次美好的旅行，可你就是要帶上追妖導彈。」

「我就是預感不那麼簡單呀，我也沒説一定有事情發生。」保羅説道，「我自己帶着追妖導彈，又不是要你拿着，你又不累。」

「好了，隨便你了，我不累，我就是餓。」本傑明擺擺手，「早上起來就沒吃飯，還以為能看到鯨魚……我要去吃早餐了，海倫，你也去嗎？」

「好的。」海倫説着看看四周，「博士呢？」

南森站在另外一邊的船舷旁，和一個穿着水手制服的男士説着話，大家都不認識那個人，看上去他們聊得很熱烈。

「那是一個大副。」保羅說道，「這條遊輪上的大副。」

「你認識？」本傑明連忙問。

「看肩章呀。」保羅晃晃頭，「星程遊輪公司的船員制服，我一看就知道是個大副。」

遠處，南森和那個大副握手告別，隨後向這邊走來。

「這條船上的大副，叫威利，他認出了我，聊了幾句。」南森說道。

南森他們正說着話，遠方五百多米處，一條遊輪反向駛過，那是一條通體白色的船，比南森他們這條淡藍色極光號要小很多。這個季節，在這片水域進行賞鯨旅行的遊輪有十幾艘呢。

「我們去吃早餐吧。」海倫看了看南森，又看看本傑明他們，「走吧。」

「我還想在這裏看一會。」派恩說道，「過一會就去，我一點也不餓。」

海倫把保羅交到了派恩手裏，派恩接過保羅，繼續看着海面。南森他們則向船艙走去。

派恩看着海面，希望鯨魚能夠躍出水面，哪怕只有一隻。

「咣——咣——」遠處的海面，突然傳來連續的巨響。

派恩尋着聲音看去，那聲音來自於船舷的另外一側，派恩連忙衝了過去。遠處的景象，驚得他差點摔倒。

一隻巨大的鯨魚，足有二十米長，從水面中躍出，對着剛才駛過的那條白色遊輪的船身猛烈地撞去，「咣——」的又是一聲。

被撞擊的遊輪大概有一百米長，在鯨魚的撞擊下，白色遊輪開始微微地傾斜了。

鯨魚回轉過身體，游出去幾十米，拉開距離後，轉身加速再次撞向遊輪。遊輪的側舷，有幾個乘客，抓着欄杆，大叫起來。

鯨魚猛地撞過去，一聲巨響過後，遊輪的身體一晃，傾斜度更大了。

「殺人鯨——殺人鯨——」派恩身邊，一位女士大叫起來，「要去救那條船呀——」

「怎麼回事？」南森衝了過來，他們本來已經進了船艙了，但是剛進去就聽見巨大的撞擊聲，連忙跑了過來。

「博士，有一條鯨魚，要把那條船撞沉。」派恩指着遠處的那條遊輪説道，兩船之間相距大概有八百米。

正説着，鯨魚游出去後再次反身加速撞擊遊輪，

「咣——」的一聲後，遊輪傾斜度大概有四十五度了，幾個在船舷邊呼救的人都緊緊地抱着欄杆，避免身體滑下去。

「威利先生——威利先生——」南森轉身，看到了剛才和他説話的大副，「你去告訴船長，有條鯨魚在撞船，那條船就要沉了，你們馬上開過去救人。我們現在就去阻止那條鯨魚。」

威利點點頭，隨即向船艙裏跑去。

「我們下水，攻擊那條鯨魚。」南森揮了揮手，隨後躍上了船舷。

南森第一個跳了下水，利用輕身術魔法，站立在水面上，隨後開始跳躍着前進。幾個小助手也都跟着跳了下去，一起向那條鯨魚撲去。南森他們看清了那條鯨魚的樣子，那是一隻有着長長的鰭的座頭鯨。

鯨魚又一次撞向遊輪，遊輪這次被撞得傾斜角度超過了六十度，扒着船舷的那幾個人，紛紛滑了下去，船上一片大呼小叫的聲音，幾十個乘客穿着救生衣，驚恐地往海裏跳。

南森的腳尖踩着水面，飛速來到那條鯨魚的身後，鯨魚正準備給那條遊輪最後一擊，牠全速衝向遊輪，沒有注意到身後的南森。撞擊遊輪的這條鯨魚，給人感覺異常的憤怒。

「咣——」的一聲巨響，遊輪又被撞了一下，這次撞擊後，遊輪開始徐徐倒了下去。

「凝固氣流彈——」南森大喊一聲，隨即射出一枚凝固氣流彈。

「轟——」氣流彈炸中了鯨魚的頭部，鯨魚的身體被炸得彈了一下。

鯨魚把頭插進海裏，同時開始掉轉身子，南森又射出一枚氣流彈，氣流彈在海面爆炸，掀起一股水柱。

南森縱身跳到了鯨魚的背上，後面的幾個小助手也都跟了過來，跳到了鯨魚背上，鯨魚扭着身子，牠已經發現後背上站着人了，牠晃了一下身子，想把南森他們晃下去。

「喝——」南森高舉起右手，手掌向下，隨即用力地拍了下去。

「轟——」的一聲，手掌拍在鯨魚的後背上，接觸處閃出一道白光，鯨魚巨大的身體一震。

「嗚——」鯨魚張開了大嘴，吼了一聲，隨後身體開始翻滾。南森他們全部被翻進水中。

南森他們落水後，鯨魚又向前一竄，游出去十幾米，然後掉轉身體，張開大口，對着南森他們就咬上來，鯨魚

張開的大口，足能吞進一輛汽車。相比撞擊遊輪時，牠更加憤怒了。

派恩距離鯨魚最近，他慌忙地往一邊游了幾米，鯨魚對着牠就咬了過來。

「嗖——嗖——」海倫向鯨魚的血盆大口射出了兩道閃電，閃電射進魚口之中，鯨魚再次吼了一聲。

「大家閃開——快閃開——」保羅在水中，他的後背上已經彈出了追妖導彈發射架，彈頭正對着十多米外的鯨魚，「我要導彈攻擊了——」

大家聽到了保羅的話，立即向一邊游去，慎防爆炸後的彈片傷到自己。

鯨魚不知道這些，張着大嘴繼續撲咬過來。鯨魚的左眼下，有一條很明顯的傷疤。

「嗖——」的一聲，保羅在水中射出了一枚追妖導彈。這枚導彈直接射進到鯨魚的嘴裏，大家都拚命游開，等待着爆炸聲響起。

追妖導彈射進鯨魚嘴中，但是沒有爆炸，由於距離太近，追妖導彈衝擊力極大，它射穿了鯨魚的口腔，飛了出去。

「嗚——」鯨魚疼痛的頭猛烈地抬起來，隨後又重重地砸向海面。

「轟——」追妖導彈射出去後，飛了兩百多米，在半空中爆炸了。

鯨魚巨大的頭部砸在海面上，掀起了一道道的巨浪，保羅本來已經準備射出第二枚追妖導彈，但是身體被晃得飛了起來，根本無法發射。

鯨魚的口腔處出現了一個足球大小的破洞，牠疼得再次躍起身體，轉身插進海中，開始拚命地游竄逃跑。

南森他們在鯨魚掀起的巨大水浪中，身體上下起伏，幾乎不能控制，他們想唸輕身術口訣，但即使站在海面上也無法掌握平衡。等到巨浪逐漸平息，他們總算是穩住了身體。

「鯨魚呢？」派恩大聲地問道。

「游遠了——」保羅説道，「向南面游走了，速度很快——」

「追呀——追——」本傑明説着就向南游了幾米，隨後，他唸了一句輕身術口訣，站了在海面上。

「救命呀——救命呀——」海面上，一陣陣的呼救聲此起彼伏。那艘白色遊輪已經歪斜着橫躺了在海面上，海面上到處都是跳進水裏的乘客，這些乘客有的穿着救生衣，有的連救生衣都沒有。不遠處，兩艘被緊急放下來的小艇上，已經坐滿了人，小艇周圍還有不少人用手抓着小艇船緣，但身體還泡在水中。

「快去救人——」南森大喊一聲，游向一個在水中掙扎的乘客。

第二章　展開救援

小助手們立即放棄對鯨魚的追蹤，紛紛游過去救那些落水的乘客。

落水的乘客看上去應該有幾十人，海倫游到一個在水中拚命掙扎的乘客身邊，把她托舉起來，落水乘客此時還要承受冰冷海水的侵襲。

極光號已經開了過來，同時，船上已經放下來五艘小艇，站在船舷邊的乘客，紛紛向海中拋出救生圈。

南森把一個落水的孩子托舉着，放到小艇上，轉身又去救別的乘客，有些氣力尚足的乘客，也紛紛自救，向小艇游去，不一會，五艘小艇上就坐滿了渾身瑟瑟發抖的乘客。極光號已經停下，上面又放下來五艘小艇，船員划着小艇，在海中尋找着落水的乘客。

白色遊輪已經完全翻側，並且慢慢地下沉。南森爬上了下沉的遊輪，進入到了艙室裏。

「有人嗎——有人嗎——」南森一進去，就大喊着。

海倫也游過去，她扶着船身。這時，船體突然開始加速下沉。

「博士——」海倫大叫着。

南森拖着一個滿頭是血的乘客，從艙門裏出來了，海倫飛起來扒住了已經開始進水的艙門，幫着南森把那個乘客拖出來，他們拖着那個乘客，快速游走。

身後，白色的遊輪沉入到大海之中，一些船上的東西，如椅子什麼的，漂浮上海面。

「我用透視眼看過船艙裏了，只有這個受傷昏迷的。」南森邊説邊向不遠處的一條小艇游着。

那條小艇看到南森他們，也快速地划過來接應，小艇上坐着五個落水的乘客，大家一起伸手，把受傷的乘客拉上小艇。

南森和海倫上了小艇，海倫拿出急救水給傷者喝了下去，南森站在小艇上，看着四周。

白色遊輪已經徹底沉沒了，海面上，十幾艘小艇正在向極光號划去，這些小艇上有的人多，有的人少。南森看到，派恩和本傑明坐在另外一條小艇上，而保羅所在的小艇，已經划到了極光號下面。

「你們船上有多少人？」南森看到一個穿着水手服的人，判斷是白色遊輪上的船員，問道。

「加上船員，一共有七十五人。」那個船員説道，「船員十七人，其餘的都是乘客，乘客都是去賞鯨的，我

們是返航。」

南森立即看着那些小艇，心中盤算着人數，他很害怕有人遺留在遊輪裏，儘管剛才他用透視眼觀察着艙內的情況，但這畢竟是一條遊輪，乘客房間有很多。

「我們是觸礁了嗎？我感到船身不停地震動。」一個穿着救生衣的女士問道，「剛才一直在船艙裏，聽到有人喊穿上救生衣，快點逃，我就穿上了救生衣，跑出船艙後就跟着別人跳進了海裏。」

「你們的船……」海倫緩了緩，說道，「被鯨魚攻擊。」

「啊？」那個女士一愣，吃驚地看着海倫。

南森他們的小艇也划到了極光號旁，極光號已經放下了登船的舷梯，落水的乘客們紛紛登船，小艇也被一一拉了上去。南森他們是最後登上極光號的。

獲救後的乘客們驚魂未定，一些家庭重新相見，相擁而泣，剛才的撞船來得太突然，很多人都猝不及防地失散了。

「……清點人數，一共七十五個，我救出來一個是重傷患，還有一些輕傷患。」南森很快找到了組織救援的威利大副，「讓他們都到艙內去，儘快恢復體溫。」

「重傷患和幾個輕傷患已經送到醫務室了。」威利說

道，「我們空出了幾個房間，準備了很多電熱毯，房間暖氣也開足了。」

「現在我們是返航嗎？」南森看到了極光號已經轉向，向回開去，不放心地問道。

「是的，這些人全部要送回去，我們船的乘客當然都完全同意，這次觀光結束了。」威利略沉重地回答。

「好，你去忙吧，上了岸再說，這件事很是奇怪。」南森心情很是複雜。

海倫和本傑明從船艙裏走出來，他們剛把一個乘客攙扶到了船艙裏，隨後，派恩和保羅也走了出來。

「博士——」派恩看到南森，喊道，「初步統計了一下人數，七十五人，一個不少。」

「那太好了。」南森算是長出一口氣，「還要再清點幾遍……」

「博士，這條船有個船員剛才和我說，有條漁船前幾天在這片水域出事了，船在海底找到，船員都不見了。」本傑明有些緊張地說，「出事那天這片海域天氣非常好。」

「有這樣的事？」南森皺起了眉。

「保羅，你剛才使用了追妖導彈，可惜只是射穿了牠……」海倫說道，「來的時候你就說有預感會是不平常的旅行，要帶上追妖導彈，果然是呀，真是一條瘋狂的鯨魚。」

「可惜沒帶備用彈，現在只有三枚導彈了。」保羅看看大家，「你們一言一語的，我都插不上話……我告訴你們，剛才我必須使用追妖導彈，因為那條鯨魚，是個魔怪。」

大家全都愣住了，因為剛才下海攻擊那條撞船的鯨魚時，誰都沒有帶幽靈雷達。那條鯨魚的外表，就是一條座頭鯨，並不是一眼就能識別的魔怪，大家急着制止牠，也沒有想到去識別牠的真實身分。

「我是靠近了牠以後，魔怪預警系統識別出牠是一個魔怪的。」保羅繼續說道，「正常的鯨魚，誰會去連續撞擊一條遊輪？那是一條正常行駛的觀光輪呀。」

「座頭鯨外表的魔怪？或者說鯨魚怪？這可真是罕見。」南森說道，他看了看遠處的海面，「老伙計，它逃向哪邊了？」

「向南跑了，當時波浪起伏太大，我很難準確射出第二枚導彈，它的逃跑速度也快。」保羅說，「現在一定游進深海了，早就出了我的探測範圍。」

「如果前些天，真的有漁船在這裏沉沒……事情不簡單，應該和這條鯨魚怪有關。」南森若有所思地說道，

「先上岸吧，我們有工作要做了。」

極光號加快了速度，一直向烏斯懷亞港前進。

他們到達烏斯懷亞港的時候，白色遊輪上的遇險乘客都已經恢復過來，被南森救出的那名重傷患者也有了很大的好轉。最為關鍵的是，經過反覆核點，七十五名船員和乘客全都獲救了。

烏斯懷亞警方早就派了車等在碼頭，南森他們下船後直接乘車來到了烏斯懷亞警察局。根據南森的描述，剛才發生的事，完全是魔怪作案，警方無法處理，所以會將處置權全部移交給魔幻偵探所，他們要在警察局見面。在那裏等待他們的，還有烏斯懷亞市的海上救援隊的隊長帕爾梅，就是他們找到了那條沉沒的漁船，但是五名船員全都失蹤了。

到了警察局後，南森直接報告了自己這次的經歷，他特別説道，自己遇到的就是一條座頭鯨樣子的魔怪鯨魚，這條鯨魚攻擊力驚人，而且在逃，事發海域要斷航。

「我們剛才聯繫了海上事務管理局，他們已經發出斷航通知了。」警察局長斯尼爾説道，「從我們這裏和附近威廉斯港等待出發的遊輪，全部原地等待通知，從南極返回的遊輪，全部繞到兩百多公里的航線回來，避開出事海域。」

「很好。」南森點點頭，不過他語氣很沉重，「根據我的經驗判斷，鯨魚怪撞擊遊輪的目的，就是讓船上的人落水後，吞食這些人。」

「這太可怕了，出事船上有近百人呀。」斯尼爾很是憂鬱地說。

「我聽説前幾天有條漁船在事發海域沉沒了，而且當天天氣良好，我想這條漁船應該也遭到了鯨魚攻擊，出事的那條漁船的船員……可能都遭到不幸了。」南森説着看看海上救援隊的隊長帕爾梅，「那麼，隊長先生，我們很想了解出事漁船的具體事發經過。」

斯尼爾點點頭，隨後打開了一張海圖，並拿出幾張照片。

「出事的漁船叫『快速號』，是一條排水量兩百噸，十二米長的拖網漁船。」斯尼爾先是給南森他們看了「快速號」的照片，隨後指着海圖，「他們七天前出港捕捉磷蝦，在烏斯懷亞港東南海面沉沒，就是這裏……距離烏斯懷亞港三百公里，距離被撞沉的遊輪位置有三十公里。當時我們的指揮中心收到了他們遠端求救，但是求救信號隨即就消失了，指揮中心聽到的求救來自船長，他説『我們被撞擊了』，就這一句，然後就是水聲，隨後什麼都沒有了。我們立即前往救援，直升機最先趕到的，什麼發現都

沒有，我們的十條船把整個海域都找遍了，最後發現漁船沉沒在三百多米深的海底，船員至今處於失蹤狀態。現在看來應該也是遭到了鯨魚撞擊了，那條漁船小，更容易被撞沉。」

「這麼說……真是這樣呀。」南森仔細地看着海圖，「漁船也遭到了鯨魚怪的撞擊，由於船小，一下就被撞沉了，所以船長也只說了一句話。」

「是的。」帕爾梅隊長點點頭，「當時我們實在無法判斷這是一宗魔怪攻擊事件，最近我們一直在分析是什麼撞擊了『快速號』，我們總是懷疑它是被別的漁船撞沉的，可當時的事發海域，距離它最近的船也有五十公里遠，我們能對這些船定位的。」

「鯨魚不會去撞擊船隻的，這是魔怪攻擊事件，你們確實無法應對處理。」南森環視着大家，「這件事就交給我們吧。」

「我們警方將全力予以支持。」斯尼爾連忙說道。

「根據警方的記錄，那片海域，以前一直都正常吧？」南森忽然問道。

「很正常，從來沒有這樣的事發生，幾十年前有過撞船事故，但是是普通的海上意外。」斯尼爾說。

「我讓我的助手保羅也查詢了國際海事活動資料，

結合你們當地資料看。的確，鯨魚怪是最近才出現在這裏的。」南森説着看看身邊的幾個小助手，「這個鯨魚怪身體巨大，危害也大。它被保羅的追妖導彈攻擊過，可能猜到了我們的身分，但是在魔怪的嗜血本性驅使下，它還會出來活動，我們還有機會的。」

「這樣説我們要到海上去。」本傑明説着，指了指外面。

「是的……斯尼爾先生，我們需要一條漁船。」南森對本傑明點點頭，隨後認真地看看斯尼爾，「同時，我們還需要兩架直升機在烏斯懷亞港全天候待命。」

「這個，沒問題。」斯尼爾連連點頭，「南森先生，你們要到大海上去嗎？」

「去海上，等着它來攻擊，事發水域全部禁航了，所以我們的漁船會很突出，會成為它攻擊的目標。」南森説道，「希望它來攻擊我們，我們也就不用去找它了。我判斷它應該還在那片海域。」

「這非常危險，那條巨鯨有二十米長……」斯尼爾很是擔心地説。

「我們魔法偵探，一直和危險相伴。」南森很是果決地説，「這是我們的工作。」

第三章　威武號

南森他們離開了警察局，先去了一家酒店休息。警察局方面，開始調配船隻和直升機。傍晚的時候，一條二十米長的圍網漁船「威武號」就被找來，警方在上面架設了可以和警察局直接聯繫的通訊台，他們還想在船體左右加裝防護鋼板，被南森堅決制止了，因為一艘正常的漁船是不會有這樣的防護的。兩架直升機也在港口待命，南森能隨時調動直升機飛到海面上去。

南森和海倫在找到漁船後，就前往了解這條漁船的駕駛方法，本傑明和派恩則熟悉着船上的其他設備。這是一條相當大的漁船，警方也是擔心小型漁船會被鯨魚怪一下就撞沉。魔法偵探們請警方人員多送了三個汽油桶放在船上，因為他們預判可能要在海上漂流一段時間，不可能一到海上就遇到鯨魚怪。

南森帶着幾個小助手，當晚就出發了，這樣經過一夜的航行，明天早上就能到達出事海域了。這個夜晚是南森和海倫輪流駕駛的，而保羅則一直站在船頭，警惕地看着海面，他只有三枚追妖導彈了，但是只要給他有個平穩的發射平台，就能保證命中目標。

夜晚的航行基本是在穿越比格爾海峽，風平浪靜。早上四點多，威武號駛入了寬大的德雷克海峽，此時開船的是海倫，保羅站在船頭，不時地向遠處發射出探測信號，他也知道這裏還算是近海，距離事發海域有些距離，鯨魚怪在這裏出現的機率都極小。

清晨，南森他們早早醒來，南森接過了駕駛權，讓海倫去休息一會。此時的他們行駛在浩瀚無垠的大海之上，周圍一條船都沒有。威武號顯得非常孤獨，但它全速前行，堅定地駛向出事海域。

本傑明和派恩都在駕駛室裏，看着前面的海面。

「博士，我看乾脆這樣，遇到那個鯨魚怪後，它要是再來吃我，我也別躲着了。」本傑明很是認真地說，「我就讓它吃，我鑽到它的肚子裏去，在它的肚子裏發射凝固氣流彈。」

「啊，這是個好辦法。」派恩兩眼放光，「我也想跟進去。」

「這個……」南森搖了搖頭，「你們會和海水、它口腔中的黏液，一起進入它的食道，你們不會有實施魔法的機會，因為你們同時還會窒息。進入到它的胃後，如果你們還活着，會被它的胃液吞沒，你們一點機會都沒有，只剩下掙扎了。」

「啊？」本傑明先是一愣，隨後自嘲地笑了笑，「我、我想簡單了。」

「對，是本傑明想簡單了，他一直就是這樣。」派恩連忙說，「哎，這可怎麼辦呀？」

「怎麼到處都有你呀。」本傑明不屑地擺擺手，「你去休息一會，不好嗎？」

「我也要參與，我也是博士的助手。」派恩瞪着本傑明說，「而且你那個辦法就是行不通。其實這次我們只要發現鯨魚怪，保羅兩枚追妖導彈就能把它炸飛起來，不用我們近戰。」

「要不是這樣呢？」本傑明大聲地説，「要是鯨魚怪突然出現在我們的船邊呢？什麼事都要多想幾種可能，這是博士説的。」

「要是這樣呢？」派恩毫不示弱地爭辯道。

「我們多做準備。」南森看到兩個小助手又吵了起來，調和地説，「無論是遠距離發現，還是近距離出現，我們都要有應對方案。只不過，我們不知道要在那片海域等候多久，鯨魚怪會不會對突然消失的船隻往來起疑心，這些都是未知數。」

「連續有兩條船出事，而且昨天我們還和鯨魚怪搏鬥了，還用追妖導彈炸它，它可能會躲起來幾天。」本傑明説，「但是它吃人本性不會改變，它還是會去撞船並吞食落水船員和乘客的。」

「嗯，這也是我們堅決要來那片出事水域等候鯨魚怪的原因。」南森點了點頭，説道，「如果它還不知道我們是魔法師，當然這種可能性較小，我們就能比較容易地找它。如果確認我們是魔法師，我們面臨的風險就大了很多，但我們不能讓那些來往的船員和乘客面臨這種風險。」

「是。」本傑明和派恩一起説道。

威武號向前又行駛了幾個小時，進入了事發海域。海倫這時也醒了，她手裏拿着一個幽靈雷達，這是這次度假旅行她特意帶上的，只有她帶着幽靈雷達，她倒是沒有什麼預感，每次旅行都一定會帶。南森對此一直很是贊同。

海倫去駕駛漁船了，再過一個小時，他們將行駛到事發海域的中心區域，在那裏，他們將停下。

南森和本傑明、派恩從甲板走到船頭，這條船很大，捕魚用的網具等全被拆下，甲板上顯得很空蕩。

「老伙計，情況怎麼樣？」南森站到了保羅身邊，問道。保羅一直站在船頭這裏。

「沒有任何發現，就像眼前的大海，風平浪靜。」保羅説道。

「有沒有發現鯨魚？我是説真的鯨魚。」本傑明問。

「有幾個魚羣，但是沒有鯨魚。」保羅搖搖頭，「根據我的方位儀判斷，左側九公里就是昨天鯨魚怪攻擊遊輪的地方。」

大家一起向左邊望去，那邊僅有一些白色的波浪，一道推着一道，慢慢地在海面上微微翻動着。遠處的藍天和海平面混為一色，這樣的背景下，一切似乎都靜止下來，時間也是靜止的。

「要快點找到那鯨魚怪，不能讓它來毀壞這平靜的生活。」本傑明很是感慨地說。

「就怕鯨魚怪躲了起來，我覺得它應該知道我們是魔法師了。即使它沒看清追妖導彈是我發射的，可我們跳到它背上攻擊，它也能猜到遇到魔法師了。」保羅說，「現在它的嘴巴受了一點小傷，這對這種鯨魚怪來說不算什麼。」

「它要是想着吃人，會出來的。」派恩說，「而且就算它知道遇到了魔法師，也不知道我們在這條船上。它距離我們一公里，這種空曠的環境下，保羅會提前發現的……」

「博士——博士——」海倫把頭探出駕駛艙，「我就要停船了，到了——」

「停船——」南森回頭，喊道。

威武號停了下來，在這浩瀚的大海上，這條小小的漁船是那麼的渺小，微不足道。

南森走到駕駛室，看了看駕駛台上的幾台儀錶。

「距離陸地三百公里。」南森邊看儀錶邊說，「距離

海底五百米。」

「那還是很深的。」海倫拿起駕駛台上的幽靈雷達，對着船下探測了一下，「有海水和甲板阻隔，我的幽靈雷達實際探測距離只有兩百多米。」

「探測海面我能測出一公里，超過我的魔怪預警系統最大探測距離兩百米，但是測海底只能測四百米距離，我也受到了海水影響。」保羅跑到駕駛艙，聽到海倫的話，他跟着説道，「我想應該是這片海域的海水鹽度稍重，結果對我們的探測形成了阻隔效應。」

「縮短了些探測距離，沒什麼。」派恩有些滿不在乎地説，「畢竟不是探測失靈，我們還是能發現它的……博士，我們要在這裏一直等下去嗎？」

「我們要是來回移動，反倒有可能和他錯過。」南森説道，「這樣靜止下來，單等它上鈎最好。」

「好的。」派恩説着走向甲板，「我們應該帶幾十斤肉餌，扔到海裏去，就像釣魚那樣，只不過我們釣的是一條鯨魚怪，鯨魚怪應該也吃魚餌……」

南森他們的漁船靜靜地駐紮了在海面之上，海倫把幽靈雷達放在船頭，一旦發現鯨魚怪，幽靈雷達會立即震動。保羅也開始在甲板前後走來走去的，不過走了幾個小時，他也倦了。他不會累，但是很長時間沒有反應，他會不耐煩。

派恩在甲板上，背靠着駕駛室，已經睡了一會了，他也很是無聊，不知不覺就睡過去了。南森則進到駕駛艙下，那裏有三間船員休息室，南森在最靠近樓梯的那間休息室裏，和本傑明說着話，他們並不是閒聊，南森一直在和本傑明討論有關海怪的話題，那條鯨魚怪，無疑也屬於海怪。

中午過後，海倫用帶來的食材簡單地做了一頓午飯，大家吃過午飯後，繼續等待。其實這時已經是下午了，派恩吃飽後，不知不覺又在甲板上睡着了。

海倫看着外面的天空，她在構思，如果用直升機來搜尋整個海面，也許能有成效，但是那樣很可能會驚動鯨魚怪，這片海面，不應該有直升機不停地飛過。

甲板下，南森繼續和本傑明討論海怪的話題，快到傍晚的時候，保羅也加入進來，接着是派恩。只有海倫一直守在駕駛室裏。

「……我們魔幻偵探所成立第三年，沒錯，是第三年，我們就有一個捉拿海怪的任務，當時偵探所只有博士和我。」保羅有些得意地說，「當時你們的父母都沒出生呢。」

「抓到了沒有呀？」派恩急着問。

「當然，博士親自出陣呀，不過我們當時也沒有別人，只能博士親自出陣。」保羅笑了起來。

「那一次是在地中海。」南森聽到保羅的話，也笑了笑，他補充地說道。

「就是地中海……」保羅本來是趴着的，他突然站立起來，非常緊張，「它、它來了——」

「鯨魚怪嗎？」南森也站了起來，「在哪裏？」

「在我們的腳下……」保羅說着跳了起來，隨即向甲板上跑去，「它就在船底下，和我們是垂直的，它在快速接近我們——」

第四章　汽油桶

大家跟着保羅，一起跑到了甲板上。海倫看到他們衝上甲板，愣了一下，隨即向船頭的幽靈雷達望去，但是那幽靈雷達並沒有絲毫的震動。

「保羅，它在幹什麼——」南森跑到船舷邊，看着水下，「是在上升嗎？」

「是，好像是要頂翻我們。」保羅也站在船舷邊，「啊呀，速度真快，兩百米了——」

這時，海倫的幽靈雷達也開始震動起來。

「攻擊它——攻擊它——」本傑明和派恩一起喊道。

「這個、這個……」保羅急得跳着，「它在我們下面呀，和我們是垂直的，不好瞄準，而且距離太近了，導彈會炸穿船底的——」

「那怎麼辦？」本傑明把頭探出船舷，想對船下攻擊，但是他看不到目標，只感覺漁船已經開始來回搖晃了。

「大家小心——」南森大喊一聲，「海倫快從駕駛室出來，抓着船舷——」

「要撞上來了——」保羅緊張地大叫起來，「距離五十米了——」

海水被拱了起來，漁船開始劇烈地搖擺。「轟——」的一聲巨響，漁船被鯨魚怪頂了起來，當場斷成兩截。

南森他們隨着斷裂的船體，飛起來有十幾米高，隨後船體重重地砸在水中，南森他們全部掉到水裏。

「博士——」本傑明落水後，努力浮上水面，他頭腦發暈，出水後第一時間看看周圍有沒有伙伴。

「本傑明——」派恩在幾十米外，很是驚慌地喊道，「小心——」

本傑明以為派恩是在向自己呼救，但是猛地感到不對，一股巨大的風聲襲來，「咣」的一聲，鯨魚怪的尾巴狠狠地掃過來，打在本傑明身上，本傑明一下就被打出去幾十米遠，落在了水中。

「轟——轟——」兩枚凝固氣流彈接連在鯨魚怪的頭部爆炸。這是二十多米遠的南森發射過來的。鯨魚怪被炸得頭一歪，隨後就插進了水裏。

海倫用輕身術，站在了水面上，她飛跑過去，抱起了已經昏迷的本傑明，大聲呼喊着本傑明的名字。

派恩飛身騎到了再次躍出水面的鯨魚怪後背，沒錯，這就是昨天交過手的鯨魚怪，它有座頭鯨的外表，左眼下有個傷疤，右側嘴的上方，有個剛癒合的洞，那是保羅導彈射穿它的口腔造成的。

派恩發射出一道閃電，閃電射進了鯨魚怪的身體，鯨魚怪吼叫一聲，身子一滾，派恩被拋進水中。

保羅也在水中游着，他距離鯨魚怪不到十米，海水劇烈地晃動着，他無法瞄準。同時，由於距離太近，他發射出的導彈如果爆炸，會誤傷到自己和其他伙伴。

鯨魚怪穩住了身體，看看四周情況，這次它對着南森猛撲過去。它沒有想吞食南森，而是緊緊地逼着大嘴，揮動着雙鰭，它準備用頭猛烈地撞擊南森。鯨魚怪的速度比一般鯨魚快得太多了。

南森轉身利用輕身術躍上海面，可鯨魚怪的速度也是飛快，它的大半個身子浮在水上，對着南森就追了過去。

鯨魚怪正好從派恩身邊游過，派恩飛身就跳到了鯨魚怪的後背上，看到鯨魚怪準備撞擊南森，派恩掄起了右手。

「百噸鐵臂——」

派恩唸了一句魔法口訣，他的右手手臂頓時變成鋼鐵一般堅硬，同時變得足有三米多長，派恩用力地砸了下去，他是對着鯨魚怪的頭砸下去的。

「咣——」的一聲，鯨魚怪的頭被砸中，它的頭部出現了一個長凹槽，鯨魚怪狂吼一聲，這聲音十公里外都能聽到。鯨魚怪的身體躍出水面，隨後又落下。

派恩被拋起至二十多米高，隨後落向大海。已經和鯨魚怪拉開三十米距離的保羅，後背已經彈出了追妖導彈的發射架，他正等待更合適的距離，因為鯨魚怪的前方就是南森，保羅擔心此時射出追妖導彈會傷害到南森。鯨魚怪的身體躍起後再次砸進大海，一塊一米多寬、從漁船上斷裂的木板飛濺過來，一下打中了保羅。保羅被砸進海裏，他努力地再次浮出海面，但感覺追妖導彈發射架受損，作業系統傳出「請修復發射架後再次瞄準」的提示音，保羅

意識到此時無法發射追妖導彈了，而且這時也無法維修發射架。

「博士——發射架受損——」保羅高聲喊道。

「大家散開，散開——」南森在遠處揮着手，大聲地喊道。此時鯨魚怪在原地，搖擺着腦袋，似乎在從剛才沉重的打擊中恢復過來。

海面上，到處都是漁船斷裂後的漂浮物，漁船的兩截已經沉入大海，三個汽油桶已經從船艙中漂了出來。

派恩落水後，先是下沉了幾米，他用力浮上海面，聽到南森叫他們散開的呼喊，派恩轉身游走，遠離鯨魚怪。

海倫拖着昏迷的本傑明也遠離鯨魚怪，保羅則一頭插進水裏，向一邊游去。

鯨魚怪還在恢復中，它張大嘴巴，吐出一口氣，它晃了晃身子，似乎就要重新活躍起來。

南森早就發現，兩個汽油桶就在鯨魚怪身邊漂浮，其中一個就在鯨魚怪的腦袋左側十米處。看到小助手們已經遠離了鯨魚怪，南森自己也倒退了一段距離。

「閃電光——」南森一揮手，一道電光射向那個汽油桶。此時的鯨魚怪，已經恢復了過來，它看到了南森，準備再次撲向他。

電光從鯨魚怪的腦袋左邊劃過，射中了汽油桶。

「轟——」的一聲巨響，汽油桶爆炸，發出一聲巨響，一個巨大的火球瞬間包裹住鯨魚怪，鯨魚怪被爆炸產生的氣浪推得身體橫翻過去，烈焰圍在鯨魚怪身邊熊熊燃燒。

鯨魚怪慘叫着，把身體插進到大海裏，這無疑救了它的命，海水阻隔住了烈焰，但是鯨魚怪此時已經受傷，它拚命向下游了十幾米，隨後對着南邊快速游走。

海水比較清澈，扶着本傑明的海倫看到鯨魚怪從自己的下方游走，想展開攻擊但抽不出手，而鯨魚怪的游速極快，轉眼就看不見了。

海面上，那股烈焰漸漸熄滅。海倫他們都在烈焰的周圍。不一會，海倫看到了自己左側的派恩，還有北面的保羅。

南森推着一塊大木板，向大家招手，大木板來自漁船的一塊甲板。大家開始向南森那裏聚集。

海倫把本傑明放到了大木板上，她和南森他們都利用輕身術站立在海面上。海面上漂浮着一些漁船上的殘留物，不遠處還漂浮着兩個汽油桶。

「我已經給本傑明喝了急救水了，應該沒什麼大問題。」海倫對南森説，「鯨魚怪的尾巴正面敲擊了他的頭部，恢復意識要花一段時間了。」

「保羅，怎麼沒有發現鯨魚怪接近我們？」派恩焦急

地問，「這次我們太被動，被它直接頂翻了。」

「我的探測範圍受到海水影響，只能搜索到四百米內的魔怪反應。」保羅比畫着説，他是站在木板上的本傑明身邊的，「它一定在海底四百米以下的位置游過來，算準了我們在海面位置，鑽到我們船體下，然後直接從海底急速上升，頂翻了我們。它的速度太快，我發現後已經來不及反應了。」

「幽靈雷達發現水下鯨魚怪的距離範圍也只有兩百米了，少了一半。」海倫説道，「越早發現鯨魚怪，我們就越能做出應對，可是現在……」

「剛才的爆炸，能不能給它致命一擊呀？」派恩很不甘心地説，「過一會，鯨魚怪就翻着肚皮，漂浮在不遠處的海面上了。」

「不可能，它絕對會受傷，但是不會很嚴重。剛才它逃走的速度非常快，根本就不像是受重創的樣子。」

「這可怎麼辦？今後怎麼找到它？」派恩有些慌亂了，「我們可以再找一條船開來，但是遠距離發現不了它，近距離發現它就來不及做出反應……」

「剛才它正好和我們垂直，我不好瞄準……」保羅懊惱地説。

「首先，我們可以確定，鯨魚怪完全知道我們是魔法師了，我們昨天作戰時就用了法術，還用追妖導彈射穿了它的嘴巴。今天，它在更遠的地方悄悄地發現我們了，所以才會悄悄游過來，攻擊我們。」南森一直在沉默，明顯是在思考問題。

「應該是這樣。」海倫點點頭，「它這是報復我們，想把船頂翻，然後攻擊我們。它採用先潛到我們船底然後再上升的辦法，如果它覺得我們是普通漁船，從遠處游過來直接撞擊船身即可，就像昨天它撞擊遊輪一樣。」

「嗯，海倫説得對，我也是這樣認為的。」派恩連連點着頭説。

「它是魔怪，知道我們的身分後，也能預判到我們有搜索它的儀器，但是不可能知道老伙計的探測距離實際上有四百米。」南森又説。

「啊……是的。」保羅點點頭，「這個它不可能知道的。」

「所以，它如果要潛到我們的船底下，會盡最大可能拉開和我們的距離，移動到我們的船下。」南森指了指海面下，「它只有一個辦法，就是盡最大可能貼着海底游過來，確保不被我們及早發現。」

「嗯，是這樣的。可是，這又怎麼樣呢？」派恩很詫異地問道。

「海倫，你聯繫警方，派兩架直升機過來，把我們接走。我們用法術站在水面上，幾個小時就會耗費掉大量魔力。」南森說着從口袋裏掏出一部小型的衛星電話遞給海倫，「直升機飛過來最少也要一個小時，這之前，我要到海裏去，找些線索。」

海倫他們還想問些什麼，南森一頭插進海裏。小助手們面面相覷，不知道南森下到海裏去幹什麼。

第五章　海底痕跡

海倫看着衛星電話，警方的號碼就貼在上面。海倫撥通了電話，告訴了他們這裏的情況，請求他們馬上飛來接走自己和同伴。

「他們一小時後趕到。」海倫收起了衛星電話，「這兩架直升機，好像就是博士為了預防出事特別準備的。」

「是呀。」派恩説道，「可是現在博士呢，他到海裏去幹什麼？」

「一定是收集什麼重要的證據，至於這個重要的證據是什麼……」保羅眨了眨眼睛，「就是一個重要的證據。」

「哎喲，哎喲……」本傑明睜開了眼，扭了扭頭，「我這是在哪裏？」

「本傑明，你醒了。」海倫很是高興，「你被鯨魚怪正面拍了一下，昏迷了。我給你喝了急救水了，你沒事的，一會直升機就來了。」

「什麼直升機？」本傑明微微抬了抬身子，看到了自己躺着的大木板，也看到了身邊的情況，「我們那條船

呢？」

「撞得可真是不輕。」派恩説道，「我們那條船現在分成了兩個部分，在海底呢。博士下去準備把兩部分拼起來，我們開着船回去，借人家的東西要歸還的。」

「啊，變成了兩個部分？」本傑明的頭一直是暈的，他疑惑地問。

「派恩，你不要鬧。」海倫埋怨地説，她憐憫地看看本傑明，「我們的船被鯨魚怪撞斷了，不過我叫了直升機；博士在海裏調查線索，一會就上來。」

「海裏，博士去海裏了？我説怎麼沒看見他，他去海裏調查什麼……」本傑明又試圖抬起身子，但是被海倫按住。

「調查一個重要的證據。」保羅説道，「你就好好躺着吧……」

「那條鯨魚怪呢？」本傑明又問道。

「離家出走了。」派恩指了指海面，「你可真囉嗦，你好好休息，等着直升機來……」

大家一起等着南森，但是半個多小時過去了，南森也沒有浮上來。他們全都着急起來，此時本傑明明顯好了很多，他半坐起來，一會看看遠處的天空，一會看着海面。

「算了，我去看看。」保羅説着，縱身跳進了海裏，

「博士不會在海裏被鯨魚怪抓走了吧？」

保羅剛跳下去，木板旁不到五米處，南森的頭一下就探出了水面。

「博士——」海倫興奮地叫道。

「保羅，快回來——」派恩大喊起來。

半分鐘後，南森和保羅都到了木板旁，保羅跳到木板上，甩着水。南森看起來非常疲憊，大家把他扶到木板上坐下，好在木板夠大，完全經得起南森和本傑明兩個人的重量。

「博士，你到海裏幹什麼去了，這麼長時間。」海倫有些埋怨地說，「直升機都要來了，你要是再不上來，我們都要下海找你去了。」

「我很好。」南森略抱歉地笑了笑，「回去再說，我們回去要好好梳理一下今天這個事，我們一定要找到鯨魚怪。」

「你到海裏找鯨魚怪去了？」派恩連忙問。

「線索，我是去找線索了。」南森又笑了笑。

這時，遠處的天空，傳來直升機的聲音。海倫剛才打電話用的衛星電話，自身就有信號發射功能，已經把自己的位置信號發送了出去，直升機只要按照信號源的位置飛過來即可。

派恩站立起來，開始向直升機揮手，兩架直升機的駕駛員都發現了他們，它們都是小型直升機，每架能搭載五人。飛過來的時候，每架上只有一名駕駛員和一名乘員。

第一架直升機先飛了過來，在他們上空七八米處懸停，海倫用衞星電話和直升機駕駛員聯繫。直升機上先是放下來一副擔架，大家把本傑明綁在擔架上，隨後擔架升起，本傑明被上面的乘員安置了在機艙裏。接着，直升機又放下一個升降繩，海倫把繩子繫好，繩子升起，海倫也進入了第一架直升機的機艙。

第一架直升機轉向返航，第二架直升機飛了過來，放下一根升降繩，派恩抱着保羅上了直升機。南森最後一個登機，上去以後，他看了看海面上漂浮的大木板。

第二架直升機轉向，緊追前面的第一架直升機，沒過多久就追上了，兩架直升機一前一後，相距不到五十米，急速返回陸地。

一小時後，兩架飛機降落。本傑明被送到醫院檢查，海倫一同前往，其實本傑明在飛機上就已經能自如地起卧了，情況明顯好轉，但是南森還是堅持他去檢查一下。

南森和派恩、保羅來到了烏斯懷亞警察局，向斯尼爾局長報告了發生的情況。此時，他提出要求，需要一間辦公室，以及出事海域的海圖、洋流圖、海底情況介紹資料。斯尼爾局長立即答應，很快就提供了一間辦公室，也立即找人去找海圖等資料。

南森和派恩都換了乾淨的衣服，他們也不想休息，來到了警局裏的那間辦公室。南森進了房間以後，先是拿起了一張當地的地圖——也是讓斯尼爾局長準備的，隨後就開始了研究，不停地用筆在上面畫着，並且不時地讓保羅查詢一些資料。

「我的追妖導彈的發射架變形了，不能正常發射了。」保羅在一邊提醒着，「什麼時候給我修一下？」

「老伙計，你這個暫時不算什麼很大的事，一會我就能處理好。」南森看看保羅，説道。

「就是，一會就能處理好，你這個不算很大的事。」派恩跟着説，「博士現在處理的才是大事，雖然我也不知道他在幹什麼。」

正説着，一個警員把海圖等資料送了進來，南森連忙道謝。

南森展開海圖，開始研究，他也在海圖上畫了幾條線。這時，海倫和本傑明進了門，本傑明基本恢復了，只不過胳膊上纏着一圈紗布，那是他被鯨魚怪打暈後，撞在漂浮物上造成的割傷，醫生給他包紮了一下。

「本傑明，都還好吧？」南森看到本傑明進來，連忙

關切地問。

「都好，就是有一點小割傷，包紮了一下。」本傑明說。

「回來的時候走路速度飛快，我看比我都好。」海倫在一邊補充説。

「很好。」南森欣慰地笑了，「好了，你們都在，現在我要説一下剛才為什麼到海裏去，還有我的發現。」

小助手們一聽，都很興奮，立即把南森圍住，南森則展開一張畫過線的海圖。

「我們還在海上漂着的時候，我就説過，魔怪不可能知道我們搜索工具的探測實際距離的，所以它會盡最大可能的貼着海底游過來，游到我們船下，然後急升撞擊我們。它是在賭博，賭我們事先發現不了它，它賭對了，我們的探測距離只有四百米，而它貼着距離海面五百米的海底游，剛好在我們的探測距離外。」

「我的幽靈雷達只能探測兩百米了。」海倫説，「現在那台雷達也掉進海裏了。」

「我還找了找你的雷達，但沒看到，我在海裏點亮了一枚亮光球。」南森看看海倫，隨後環視着大家，「注意，如果它從發現了我們的地方游過來，一直貼着海底，就它那麼龐大的身體，一定會在海底留下痕跡，那麼……」

南森指了指海圖上的一條鉛筆線，隨後用力點了點。

「從我們的船底開始，找到沿途的痕跡，我們就能畫一條直線，這條直線的另一端，就是它發現我們後下潛的地方。海底的痕跡，從這裏再向南就沒有了，所以我判斷這裏是鯨魚怪下潛的地方。」

海圖上，南森已經在停船的位置畫了一個三角形，三角形向東南方向，有一條筆直的鉛筆線，鉛筆線的盡頭，有一個圓形，南森在旁邊標注為鯨魚怪發現漁船位置。

「我下到海裏，潛到了海底，找到了好幾處明顯的刮擦痕跡，有一片片的海藻這樣的植物，被大面積刮掉，而且看起來是新刮的痕跡，這就是鯨魚怪在海底接近我們時造成的。」南森說着，用鉛筆在海圖的那道線上，畫了一個延續性的虛線，「大家看，這條延展線，完全可以為我們指明鯨魚怪前來的方向。也就是說，它住在漁船停靠之處東南位置，偏角大概是十五度，沿着這個方向找下去，我們就有很大概率找到那條鯨魚怪的老巢。」

小助手們仔細地聽着南森的話，看着他畫出的延展線。小助手們互相看了看，他們聽得都有些呆住了。

「博士，我覺得很有道理，啊，是非常有道理。」本傑明最先說道，「沿着這條線的方向尋找，就能找到鯨魚怪的老巢。」

「我也是這樣認為的。」派恩急忙跟着說道。

「博士，有沒有一個大體的位置？」海倫看着海圖，微微地點點頭，「要是一直按照延展線找下去，那要找到南極洲了。」

「有的。」南森說着用筆在延展線的頂端位置畫了一個圓圈，「兩宗撞擊事件都發生在這片海域，所以鯨魚怪不可能離得太遠，否則就是別的區域出事了，我覺得我們按照延展線的方向，在這個區域找，我們可以稱它為『A』區域，應該能在這裏找到鯨魚怪的老巢。」

說着，南森在圓圈旁，用力寫下一個「A」字。

「我沒有問題了。」海倫有些興奮地說，「現在就是我們怎麼去這裏找鯨魚怪了，還是找一條船去嗎？」

「還想被鯨魚怪撞沉？」派恩連忙說道，「我們的探測距離縮短了，反應時間上不夠。」

「我們做直升機去，然後穿上蛙人的衣服，背着氧氣瓶下去找。」南森說道，「這樣能大大節省我們的魔力消耗，只是下潛到更深的地方要承受極大水壓，我們需要施展魔力。」

「這個辦法好。」本傑明點了點頭，「我們要是坐船去，就是漁船，也算一個大目標，鯨魚怪能先發現我們，要是下潛到海裏，能夠直接面對鯨魚怪，我們反倒能放開手腳。」

「我在水裏也能發射追妖導彈，只是要博士快給我修理一下。」保羅晃着頭說，「而且我可不需要什麼氧氣瓶，我還耐壓，下潛多深我也不怕。」

「不但要把你的導彈發射架修好，還要調試一下你

的預警系統，加裝一個增強器，看能不能把搜索距離提高一、兩百米。」南森說着看了看錶，「今天晚了，我們明天去。」

第六章　深海尋找

南森開始修理本傑明的導彈發射架，他已經請警局的人幫他去買電子元件了，他要增強保羅的探測距離。

海倫他們圍在海圖邊，探討着明天下潛到「A」區域後，可能發生的事情。海倫看着海圖上的那片海域，她和樂觀的派恩不一樣，還是有些心事重重。因為她覺得那片海域也有幾十平方公里，自己的幽靈雷達也掉了在海裏，烏斯懷亞港這邊也沒有魔法師，想借一台幽靈雷達都借不到。

「海倫，你不要太擔心。」派恩一直是信心十足的，「就算是借到幽靈雷達，也只能探測兩百米遠，你發現鯨魚怪的時候，它也發現你了。明天到了海裏，我們就靠保羅的預警系統尋找鯨魚怪，一旦發現，兩枚追妖導彈打過去就結束戰鬥了。即使沒有，我們這些人圍攻那條鯨魚怪，也沒問題。」

「但願吧，最好是這樣。」海倫未置可否地說。

南森很快修理好了保羅的追妖導彈發射架，保羅高興地把發射架彈出來再收進去，往復幾次，很是滿意。接下

來，警員送來了南森需要的元件，加裝預警系統增強器的工作一直進行到了深夜，南森估算，保羅的預警系統在海中的探測距離能再延伸一百米到兩百米之間，也就是說保羅探測海裏的目標距離能達到五、六百米了。

他們離開警察局，來到附近的一家酒店，休息了一個晚上。第二天一早，兩輛警車把他們送到港口的直升機停機坪，昨天那兩架直升機已經準備好了，直升機上，有四套潛水服和四個氧氣瓶。

南森和保羅、派恩上了第一架直升機，本傑明和海倫登上了第二架直升機。兩架飛機先後起飛，駕駛員都已經拿到了飛行目的地的海圖。

直升機在海拔兩百多米高的地方急速向預定海域飛行，南森一直通過舷窗看着海面，這天的海面和前兩天不太一樣，略有些風浪，遠處的天空也有些雲層。

海面上，有一些海鳥，時起時落，這片水域已經停航兩天了，看不到一條船。

「博士，我們要是下到海裏，直升機怎麼辦？」保羅忽然想到一個問題，「在天空中等我們嗎？」

「等我們半小時，半小時後返航油料就不夠。所以我們半小時不上來，他們就先飛回去加油。」南森說，「我帶着衛星電話呢，隨時能聯繫他們。而且你也放心，他們在兩百米高空的位置等候，鯨魚怪可跳不了那麼高。」

「真是周全，這下我放心了。」保羅用力地點點頭。

「博士，我昨天問了海倫，她說海洋的各種魔怪在海底都有個巢穴的，不會像魚羣那樣大範圍移動。」派恩說，「她可是優等生，課堂上講過的，她都記得。雖然我是天下第一超級無敵魔幻小神探，但有些問題難免會遺漏。我的主要精力是要考慮怎麼包圍那個鯨魚怪……」

「不用包圍，這次要是發現它，我連續三枚追妖導彈全都打出去，看它怎麼跑。」保羅很有氣勢地說。

「不要蠻幹，要確定目標。」南森立即提醒地說。

「那是當然……」保羅有些不在乎地說。

兩架直升機快速前進，即將到達預定海域的時候，除了保羅，南森他們都穿好了潛水服，並且背上了氧氣瓶，戴上了氧氣面罩。保羅不需要這些，他能下潛到很深的海裏。

「南森先生，我們到達目的地『A』區域了，現在我把飛機降下去。」前面的駕駛員回過頭說道，「懸停後你們就可以跳進海裏了。」

「好的，我們準備好了。」南森立即說道。

第一架直升機開始下降，很快就降到距離海面一米的距離，直升機的螺旋槳的巨大旋力將海水吹得四散。

南森打開了艙門，雙腳先伸出去，他的腳尖距離海面不到半米，南森縱身一躍，跳到了海裏。

保羅和派恩跟着南森一起躍進海裏，五十多米外，另一架直升機上，身穿潛水服、戴着氧氣面罩的海倫和本傑明也跳進了海裏。

兩架直升機駕駛員看到魔法偵探們全都跳到海裏，立即拉起了直升機，海面上被螺旋槳吹動的波浪立即平緩下來。兩架直升機開始在海面上兩百多米處盤旋飛行。

南森把大家召集了在一起，保羅游在南森身邊，他先是向海底發射了一個距離探測信號。

「我們垂直方向的海底，距離海面五百零九米，這個區域海底平均距離在五百米左右。」保羅說道，「和警察局提供的海洋資料完全一致。」

「好。」南森點點頭，他指了指海面下，「現在我們就在『A』區域了，我們下到四百米深的海底，然後向南，與海牀平行地推進。我們之間每個人保持十米的距離，點亮微亮光球前進。」

小助手們都答應一聲，這一切都在按照計劃進行。他們一起下潛，向海裏深處前進，因為他們都是魔法師，使用魔法後身體承受的水壓要遠大於普通人。

進入到五十多米的水下，海洋深處就一片黑暗了。

南森他們各自在自己的身體前使用法術點亮了一枚微亮光球，這種微亮光球其實就是亮度減低很多的亮光球，如果使用太過耀眼的亮光球，有可能引起鯨魚怪的注意。

南森他們一路下潛，來到海底四百米深的位置，南森抬起了手臂，大家都能看見他的動作，全都懸浮了在海裏。

南森又向着南面做了一個前進的手勢，大家立即開始向前推進，他們行進的速度不算緩慢，海底四百米，有很多的海洋生物，一大羣的魚從海倫身邊游過，隨後，有兩個巨大的水母在海倫眼前橫向飄過。

保羅游在最前面，他的身後就是南森。保羅不停地向前面發射着探測信號，此時他的預警系統經過安裝增強器，它自己估算，探測距離已經提高到了將近六百米，如果在這個距離提前發現了鯨魚怪，那麼他們能佔得先機，有時間應對鯨魚怪。

前方，一大片魚羣飛速劃過，緊接着，一個龐然大物緊隨而來，南森發現，那是一條巨大的抹香鯨，牠正在追逐食物，也就是那個魚羣，抹香鯨游動的速度也很快，就像是一個巨大的陰影一般，壓了過來。

南森立即擺擺手，大家全部都停了下來，魚羣從他們的頭頂上方劃了過去，抹香鯨也緊跟過去，那巨大的身軀給人很大的壓迫感。小助手們都懸浮在海裏，有些緊張地看着抹香鯨游走。

抹香鯨游走後，南森做了個手勢，帶領大家繼續前進。海底的這個世界，比海面豐富很多，海面上經常見的

就是幾隻海鳥，偶爾有魚飛越出水面。海底世界則完全不同，尤其是在亮光球的照射下，各種海洋生物，有大有小，非常的活躍，可見的海牀之上，還有漂動着的海藻等大量的海洋植物。

前面的海牀忽然變得高低不平，有些地方像是隆起的小山，南森他們擦着這些小山的山頭游了過去，他們的到來明顯驚擾了海底的生物，不過幾枚亮光球也吸引了不少生物過來圍觀，一隻碩大的海龜，膽子也大，衝上來頂了頂本傑明的亮光球。

魔法偵探們每個人的嘴邊都有一個微型麥克風，耳朵裏戴着耳機，他們之間有一套對講系統。

派恩在平行推進的行列中的最左邊，他左右看着，前面有一條魚引起了他的注意，那條魚的腦袋上長出了一根長長的線，線的盡頭是一個圓球狀的燈，那盞燈散發着綠色的光。派恩知道有這種魚，但是第一次在海中見到。

派恩身邊，又有一個龐大的影子壓了過來，距離他不到十米，派恩感覺到了那種壓迫感，他覺得應該又有一隻大鯨魚在自己的身邊。轉頭看過去，果然發現一隻巨大的鯨魚在游動，也許也是受到了這邊亮光球燈光的吸引。

鯨魚從派恩身邊游走，派恩看了一眼，覺得沒什麼，忽然，他愣了一下，轉頭又看過去。

那條鯨魚，是座頭鯨，是前兩天和派恩他們作戰的鯨魚怪，它的左眼下，有一道傷疤，右側嘴的上面，也有個剛癒合的傷疤。

不僅是派恩，南森他們全都愣在了那裏，他們也都看到了鯨魚怪，但是鯨魚怪就像是什麼事都沒有一樣，安靜地從派恩身邊游過。

「沒有、沒有一點魔怪反應。」保羅説道，他的話南森他們都能通過耳機聽到，「我們距離不到五十米，真有魔怪反應的話我能發現。」

「會不會是遮罩了魔怪反應呢？」海倫問道。

「管他呢，這麼近，馬上攻擊呀，不能讓它跑了。」派恩説着就游向鯨魚怪，隨手射出一道閃電，「喝——」

派恩射出的閃電一下就打在了鯨魚怪的身上，鯨魚怪的身體當即幾乎直立起來，隨後落下。巨大的水流推了過來，派恩被水流推開，他準備射出第二道閃電，鯨魚怪已經落荒而逃。

「派恩——」南森的聲音在派恩的耳機裏響起，那聲音非常急促，「停止攻擊——」

派恩恢復了一下平衡，轉頭看了看南森，南森游向派恩。

「如果它是魔怪，一定會提前發現我們，因為我們這裏有光亮。它完全沒有必要隱蔽魔怪反應後游到我們身邊，而又什麼都不做。」南森望着遠去的鯨魚怪，説道。

「那是怎麼回事？」派恩急着問，「博士，你是説它不是魔怪？可是那些特徵，眼睛下面的傷疤，嘴上的傷

疤，都很明顯呀。」

「嘴上那個圓洞傷疤就是我用追妖導彈射穿它的口腔造成的。」保羅補充説，他在水中的聲音是通過自身的通訊系統傳輸到南森他們的耳機裏的。

「我知道，牠就是那條座頭鯨，但是牠不是魔怪。」南森説。

「這到底是怎麼回事？牠怎麼又不是魔怪了？牠為什麼沒有魔怪反應了？」海倫很是着急地問。

「也許，座頭鯨被某個魔怪控制了，應該是附體，起碼是近身控制，在受控制的情況下，牠身體裏能發出魔怪反應。」南森想了想，説道，「目前牠不受控制，所以沒有任何魔怪反應。」

「牠跑遠了，跑遠了——」本傑明像是急着要去追那條座頭鯨，但是南森又有指令不去追趕，「牠會不會去找魔怪了，我們跟着牠……」

「魔怪要是控制牠，一定和牠保持很近的距離，甚至在牠身體裏，不會有六百米這麼遠。」南森否定地説，「我們現在能發現六百米外的魔怪，但現在沒有任何發現，這條鯨魚今天完全不受控制。」

「那我們怎麼辦？」海倫又問。

「我們繼續向前搜索，我判斷，這個海域裏，應該有個魔怪，這個魔怪能操控那些鯨魚，或者其他海洋生物，我們要找的是這個魔怪。」南森語氣很堅定，「所以現在繼續向前搜索，我們要去找那個魔怪。」

小助手們並不完全明白南森的意思，但是南森的指令很清楚。大家重新整理了一下隊形，隨後向前進發，這次還是保羅在最前面，他不停地向四周發射着探測信號。

正對着南森他們，一條巨大的抹香鯨突然直衝過來，看那樣子像是要撞擊南森他們一樣，南森立即停下，做好了戰鬥的準備，小助手們也都懸停在水中，隨時準備出擊。

又出現一條抹香鯨！牠會
否受着魔怪的控制呢？

第七章　一條海底沉船

抹香鯨對着南森他們就撲過來，本傑明和海倫都準備出手了，距離南森他們不到三十米，抹香鯨突然改變了游動的方向，頭對着南森他們腳下的位置游了過來。很快，抹香鯨就從大家腳下游過去，本傑明和海倫懸停着，他們距離抹香鯨的後背很近，一瞬間，看上去就像是站在抹香鯨的後背上一樣。

虛驚一場，海倫和本傑明繼續向前游去。

「這片海域的鯨魚可真不少呀。」本傑明一邊游，一邊感慨地說，「我以為快到南極那邊鯨魚才會很多。」

「大家注意，十點鐘方向，五百六十米，有很微弱的魔怪反應。」保羅的話突然傳進每個人的耳機裏。

海倫他們全都驚呆了，他們看着保羅，而保羅則懸停住，看着身體左側十點鐘的方向。

「沒故障，是魔怪反應。」保羅說着伸手拍了一下眼前的亮光球，亮光球頓時滅了。

「戰鬥準備。」南森說道，「熄滅亮光球。」

所有的亮光球被收了起來，海裏立即一片黑暗。

「魔怪反應應該是從一條沉船裏發射出來的，我測到沉船的外形了，應該是一條漁船，很老的漁船。」保羅繼續發布着自己的探測結果。

「是個什麼樣的魔怪呢？」南森問。

「這個不知道，只是有魔怪反應，很微弱。」保羅回答說。

「拉一條散兵線，我們靠過去。」南森布置道，「一旦發現魔怪，我們就包圍它。」

南森的話音剛落，保羅就開始向魔怪反應散發的地方游動了。南森他們立即跟上，魔法偵探們在這種黑暗的環境下，短距離內，能夠清晰地感知到伙伴的存在，此時他們只要緊跟着保羅向前移動即可，保羅則利用探測系統的反射信號進行定位，在黑暗中前進。

他們之間比剛才間距拉開得更大，基本呈現出一道彎度有限的弧線前進，處於中間的南森的位置略微靠後，兩邊的本傑明和派恩位置略靠前，這樣便於從兩翼包抄目標。

保羅一邊前進，一邊發布最新的探測結果，牠還是沒有確定目標是一個什麼樣的魔怪，而且距離目標越來越近，魔怪反應並沒有相應增強多少。

他們一直前進了五百多米，距離目標只有幾十米的距離了，保羅説還是沒有發現具體是何種魔怪，僅僅有魔怪反應在發散着。

「也許魔怪不在裏面，這是它的巢穴，所以接收到的只是是痕跡反應。」南森判斷説，「我們靠過去，沒有魔怪我們就進入沉船搜查。」

大家繼續向前，隨着保羅的一聲停止，大家知道已經到了目標位置了。

「沒有魔怪，只有魔怪痕跡反應。」保羅説道，「我們距離沉船有五米，這個距離要是有魔怪我早就探測出來了。」

南森點亮了一枚亮光球，頓時，大家的眼前出現了一艘沉船，這條沉船看上去比較完整，並不是斷成幾截的那種，不過這條漁船和現代的漁船並不很像，漁船很大，長度足有將近三十米，應該是木製，船體有些破敗，一些小魚從船體上的破損處游進游出的。這條船的小半個船身已經埋在了海牀裏，船身也是歪斜着的。

「保羅，為什麼説這是一條漁船，我看着像海盜船。」派恩問道，「甲板上有一門炮。」

「和我存圖中的十九世紀初南美這邊的捕鯨船完全一樣，並不是海盜船。」保羅説。

「我們進去看看，那邊有個船艙入口。」南森説道，

深海中發現一艘古舊的
捕鯨船！這是跟鯨魚怪
有關聯的線索嗎？

「老伙計，你一定要注意，如果魔怪回來，要馬上告訴我們。」

「放心吧，沒問題。」保羅立即説道。

「要是魔怪回來，正好在這裏抓住它。」派恩説着，向船艙入口游去。

南森看到，漁船的前甲板上，有一個支架，上面有一門小型火炮，炮身已經完全腐蝕了，難怪派恩認為這是一條海盜船，一般漁船，不會有火炮的。

大家游進了船艙，這的確是一條大船，裏面的空間很大，不過所有的物品，應該是受到海水多年沖刷的原因，已經全都不見了，船艙裏顯得空蕩蕩的。

「博士，這邊有個房間，魔怪反應就是從這裏發散出來的。」保羅説着游向一個艙室。

南森緊跟着保羅，進到甲板下的一個艙室內，這個艙室面積不大，裏面也是空蕩蕩的。

「魔怪痕跡反應，基本都是從這裏散發出來的。」保羅指指艙室裏，説道，「這是因為魔怪長期在這裏居住，所以痕跡重重地留了在這個房間裏。」

南森在艙室裏仔細地查看起來，艙室的四壁，都長滿了藻類，幾條小魚快速地游走。

「博士，這條船叫『雪狐號』，我在駕駛艙外看到一個吊鐘，鐘上面有字，西班牙文的。」海倫走了進來，有些興奮地説。

「好。」南森點點頭，「這裏就是那個魔怪住的地方，現在可以依此證明的是，座頭鯨本身不是魔怪，牠是被控制的，牠要是魔怪，可住不進這個艙室。」

「這傢伙去哪裏了？」海倫看着四壁，説道，「它和這條船有什麼聯繫嗎？還是它選擇這裏當做巢穴。」

「這個現在還沒有任何證據。」南森搖了搖頭，説着，他向外游去。

本傑明下到甲板的最下面一層，這裏是一間機房，有一個完全被藻類覆蓋的鍋爐，看到這個鍋爐，本傑明判斷這應該是一艘蒸汽船，看樣子應該是十九世紀初的船。

本傑明繞着鍋爐游走，忽然，他的身後有個東西一閃。本傑明感覺到了什麼，連忙回頭。那是一個骷髏頭，骷髏頭漂浮着。

「啊——」本傑明大叫起來，他和骷髏頭對視着。

骷髏頭也看着本傑明，本傑明嚇得慌忙後退。

「喝——」本傑明伸手猛擊骷髏頭，他不想先被攻擊，他想佔得先手。

本傑明打中了漂浮着的骷髏頭，骷髏頭當即翻滾着飛到一邊。本傑明愣了一下，他以為骷髏頭就是魔怪。

「本傑明，看把你嚇得這樣。」派恩抓住時機，不屑地嘲弄起來。

「我……」本傑明想反駁，但是也說不出什麼。

「這樣一艘船，船員不可能只有一個，其他人的骨架應該早就被沖走了。」南森扶着身邊的鍋爐，説道。

「沒錯，甲板上還有一門炮呢，炮手應該就有兩名。」保羅剛才也跟了進來，「加上船長，輪機手，我看這條船上最少有五個人。」

「保羅，你剛才說這是捕鯨船？」派恩問道。

「早期的捕鯨船，那門炮是用來射擊鯨魚的。」保羅説道，「我剛才進行了資訊搜索，查到了這些。」

「明白了。」派恩點了點頭，「博士，我們要在這裏等着魔怪回來嗎？我覺着它一定是外出了。」

「如果能等着，那是最好。」南森説着摸了摸派恩背着的氧氣瓶，「可是，我的氧氣瓶剛發出了警報，氧氣快用完了，接下來我們只能依靠魔力，但是在將近五百米的水下，我們的魔力也會很快耗盡，也不知道魔怪什麼時候回來。」

「博士，我的氧氣瓶也預警了。」海倫急忙説。

「先升到水面，回去吧。」南森點點頭，「到了陸地上，把今天的發現梳理、調查一下。這裏已經發現魔怪反應了，我們距離那個魔怪更近了一步，早晚能抓到它的。」

「是。」幾個小助手一起説道。

「如果有誰動了這條船裏的擺設，立即恢復，不能讓回來的魔怪看出這裏來過人了。」南森囑咐道。

沉船裏沒什麼擺設，以前的擺設大部分被水流沖走了。他們都來到艙外，回頭看了看沉船。

保羅很是不捨地又向四周發射了探測信號，並沒有任何回饋。南森指了指海面上，大家一起開始慢慢地上浮。

所有人氧氣瓶裏的氧氣都快要耗盡了，他們來到了海面之上，摘下了面罩，開始呼吸自然的空氣，感覺好了很多。

海倫掏出了衞星電話。他們在水下將近三個小時，兩架直升機早就飛走了，海倫報告了自己的地點，呼叫直升機把他們接過去。

第八章　附體

天空中，有些烏雲翻騰着，遠處的天空一片昏暗，看上去，那邊有暴風雨。大家浮在水面上，期盼着直升機儘快到來。

一小時後，海面上的雨已經下了起來，不過不算很大。兩架直升機的轟鳴聲也傳了過來，本傑明點亮了一枚亮光球，並讓亮光球發出耀眼的桔紅色光芒，很快，兩架直升機就飛了過來，接走了大家。

回到烏斯懷亞警察局，已經是下午了。他們先是吃了一頓飯，喝了很多熱水，身體很快就恢復了過來，他們在低溫的海中待了很久，儘管是魔法師，身體上也是受了不小的影響。

南森找到斯尼爾局長，説明了海底探查的結果，他需要一些當年的歷史記錄，尤其是那條叫做「雪狐號」的捕鯨船，南森告訴斯尼爾，那條船的年代在十九世紀初。斯尼爾説當時烏斯懷亞這裏已經有了很多居民，也有一些人依靠捕魚業為生，但是當時的情況下，並沒有現代意義上的警察局和相關管理機構，所以資料的查詢可能會很困難，甚至找不到任何資料，只能是盡力而為。

斯尼爾派人去查詢資料了，南森他們在警察局的那間辦公室，辦公桌上鋪滿了海圖。目前，他們能準確明瞭有魔怪反應發散出來的沉船的位置了，海中的魔怪，和那隻瘋狂撞擊遊輪的鯨魚，必定有聯繫，無論是南森還是小助手，都堅定地這樣認為。

斯尼爾局長突然來到辦公室，南森非常地吃驚，斯尼爾局長這麼快就找到資料了，這可是他沒有想到的。

「資料這麼快就……」南森站起來，說道。

「四小時前，在烏斯懷亞港正南方向，一艘遊艇遭到一條抹香鯨的攻擊，遊艇沉沒，上面的兩個人失蹤了。」斯尼爾臉色沉重，直接說道，「我們也是剛剛接到海上救援隊的通知，當時他們的求救中心收到遊艇駕駛員的呼救，說有一條抹香鯨撞擊他們的船，然後就失聯了，直升機飛過去，什麼都找不到了，經過探測，遊艇已經沉沒在海裏了。我們預判，船上的兩個人應該已經遭到了不測，被吞食了。」

「不是都禁止航行了嗎？怎麼還會……」本傑明急着問。

「遊艇在禁航區域外面，並不在禁航區航行。」斯尼爾說道，「我想，那個魔怪，在禁航區找不到攻擊目標了，所以擴大了攻擊範圍。」

「要立即切斷所有往來的所有航道。」南森很果決地說。

「來之前我已經通報給了海上事務管理局，他們已經切斷了所有航道。」斯尼爾點點頭，「滯留在南極各個觀光海島的遊船，有空運的食物供給；急需返回的乘客就乘搭飛機回來，目前我們只能做這些了。」

「我們這邊會儘快解決這個魔怪。」南森説着打開海圖，「遊艇出事的地點……」

斯尼爾用鉛筆在海圖上標注了一個位置，南森他們圍過來，都仔細地看着海圖。

「距離遊輪和漁船被撞擊地點……大概有兩百多公里。」南森緩緩地説，「正好在我們劃定的禁航區域外的三十公里位置，看起來魔怪確實擴大了攻擊範圍，在禁航區域它找不到目標了。」

「我會催促他們儘快搜尋你們要的資料。」斯尼爾説道，「我去忙了，海上通道全部禁行後，很多事情要處理呢……」

斯尼爾走了，南森他們心情沉重地坐下。

「我們要抓緊梳理一下情況了，必須儘快阻止這個魔怪。剛才我們在海中沒有發現魔怪，它當時一定在兩百多公里外攻擊那條遊艇。」南森若有所思地說，「這次換成抹香鯨的攻擊了，我覺得，沉船裏的那個魔怪，操控巨大的鯨魚撞擊海面船隻，然後吞食落水人員，這就是它的手段。前些天它操縱座頭鯨，今天操縱的是抹香鯨。」

「它是附體操縱嗎？」海倫問道，「鑽進鯨魚的身體裏？」

「就是這種方式，而不是在鯨魚身邊進行操控，因為直接附體更加容易操控。」南森點點頭，「根據那個有魔怪反應散發出來的艙室的大小，魔怪的體型應該和一個成年人大小差不多，這種體型根本無法去攻擊任何船隻。附體在鯨魚身體裏，鯨魚自身會變得更堅硬強壯，可以猛烈撞擊並撞沉船隻。鯨魚吞食落水的人，等於附體的魔怪吞食人類，同樣可以增長魔力，這也是一種變相的魔怪攻擊手段。」

「那麼魔怪是怎樣選擇鯨魚附體的呢？是隨機的嗎？」海倫又問。

「隨機性應該很強。」南森點點頭，「不過體型要大，便於它撞擊船隻。魔怪只要是想作案，就會選擇一隻大鯨魚附體，平常的時候，應該就躲在沉船裏，那是它的巢穴。」

「我們現在就去抓它嗎？既然它又得手了，應該回到巢穴了吧？」本傑明有些着急地問。

「從海圖上看，遊艇被攻擊的位置和它的巢穴有兩百多公里呢。」南森一邊說，一邊看着海圖，「可以預判，它得手後會回到巢穴，這種回航它也會附體在鯨魚身體裏，操控牠游動，這樣節省它自己的魔力。不過既然身後沒有追兵，抹香鯨游動的速度並不快，大概要二十個小時才能游回去，現在已經游了四個多小時了，還要游十五個小時左右才能到達……所以……」

南森用鉛筆在遊艇出事地點和沉船位置，畫了一條直線。

「這就是它返航的路徑。如果它沒有在原地逗留，或者是去了別的地方，我們就可以估算出它現在游到哪裏了。」南森抬頭看了看小助手們，「本傑明的提議很好，我們可以飛過去，展開抓捕。我們必須試一試，不能因為它可能停留在原地就等在這裏。」

「好，我來預判一下魔怪現在的位置。」保羅説着就跳到了海圖上，他看着海圖，雙眼射出一道白光，隨即收回，「我來算算，抹香鯨的速度就按照每小時十公里左右來計算……」

保羅很認真地低着頭，隨後，他把手搭在海圖上。

「這裏，距離我們不到三百公里，我們馬上起飛，算上我們飛行的時間……在這裏阻截它，它一定會從這裏經過。」保羅説着，用力地點了點海圖上博士畫出的鉛筆線的一處。

「出發，我們乘直升機去。」南森揮了揮手，「一個多小時我們就能飛過去了。」

大家立即跟上南森，向門口走去。南森先去找了斯尼

爾局長，告訴他最新的決定。兩架直升機現在就是完全配屬給魔法偵探們的，斯尼爾聽了南森的計劃，很興奮地通知了兩架直升機的駕駛員，準備再度出勤。

外面，天色已經暗了下來，大家都預計一場夜戰就要發生了。斯尼爾派出警車送南森他們到了港口的停機坪，兩架直升機已經啟動了，南森他們下了車，直接向直升機跑去。和剛才一樣，南森和保羅、派恩上了第一架直升機，海倫和本傑明上了第二架直升機。

夜色中，兩架直升機先後起飛，拉到兩百多米的高空，直接向海上飛去。

登上飛機後，南森一直看着那張海圖，和保羅確認着各種可能性。派恩靠着舷窗，看着外面，剛才下着的雨，已經小了很多，但是天空中都是雲，看不到月亮和星星，海面上也是黑壓壓的一片，什麼都看不見。派恩只能看到身後海倫他們乘坐的直升機上的燈光。

直升機轟鳴着，行駛了一會，南森指示兩架直升機升到八百米高空飛行。鯨魚一般都在水下百米處活動，包括游動。而南森擔心萬一魔怪操縱的鯨魚在海面游動，那它就能聽見飛機的轟鳴聲，從而產生懷疑。

「博士，還有半個小時，就能飛到預定地點了。」保羅算着時間，在機艙裏大聲地說。

「好，準備好戰鬥吧。」南森也大聲地回答説，「老伙計，到時候要是發現了魔怪，不能直接用導彈轟擊呀，鯨魚是無辜的，不能因為魔怪附體就連鯨魚一起炸死，我們要把魔怪給逼出來。」

「明白，你已經説過了。」保羅點點頭，「發現魔怪我會第一時間報告，不會立即展開攻擊的。」

「把電光射進鯨魚身體裏，密集一些，我想就能把魔怪逼出來，鯨魚只會稍微受到些損傷，完全不致命，也能快速恢復。」派恩説道，「到時候我們只要把那鯨魚圍住，就能把魔怪逼出來……」

第二架直升機上，海倫和本傑明各自坐在機艙的兩側，看着一片漆黑的外面，似乎都有着心事，他們其實一直在構想即將發生的事，想着如何應對。

兩架直升機在高空全速前進，很快，他們就到達了預定海域。南森命令兩架直升機開始下降，駕駛員把直升機降到了海面上五米處。

南森拉開艙門，第一個跳了下去，他沒有直接跳進海裏，而是用輕身術，站立在海面上。借着，派恩和保羅也跳了下來，同樣站在海面上，後面那架直升機上的海倫和本傑明也跳了下來。

兩架直升機迅速拉起，飛到了八百米的高空，開始盤

旋。升高後的直升機螺旋槳聲音小了很多，由於距離遠，直升機上的燈光看上去像微小的星光。

「博士，我們來了。」海倫和本傑明從幾十米外的地方跑來，他們已經開啟了夜視眼，能看見南森他們。

「博士，降落的時候我就探測了，這裏包括水下五百米，都沒有魔怪反應。」

「好。」南森指了指南面，「按照計劃，我們要一直追下去，我們預測魔怪就在前方五公里到十公里遠的地方，正在向沉船巢穴前進，如果它在撞沉了遊艇並吞食了遊艇上的人後，就開始往回游，那麼我們就能在前面追上它。現在，我們出發。」

南森一揮手，隨後第一個跑了出去，小助手們連忙跟上。保羅就跑在南森的身邊，一邊跑一邊向海面下發射探測信號。

保羅的一舉一動，都是大家最為關心的，現在他們沒有幽靈雷達，只能依靠保羅的魔怪預警系統獲得回饋。魔怪操縱的鯨魚，應該是在海面下一百米左右的位置游動，南森他們在水面上踩水奔跑，這種聲音不會驚動到水下的魔怪。

黑暗的夜色中，大家踩在海面上，向前方奔跑着。海面上靜悄悄的，這裏的海域沒有雨，但是天上應該有雲，

在海面上搜尋海底的鯨魚怪，南森怎樣確保他們可以成功找到目標？

所以看不到一顆星星。海面上只有微微的風吹過，那些海裏的生物，無論是大的還是小的，看起來都在安靜地休息。

第九章　水下之戰

南森他們一口氣就跑了五公里遠，他們沒有任何發現，保羅有些着急了，不過他繼續向前跑着，不停地發射了探測信號，他的信號能穿透到水下六百米的位置，而他探測出海牀的距離，也只有五百多米，從深度上説，如果魔怪操縱的鯨魚在水下游動，就一定在保羅的探測範圍內。

又向前跑了五公里，他們來到了預設魔怪游動路線的盡頭，但是保羅還是沒有收到任何的回饋信號，看起來這次是撲空了，也許魔怪得手後，根本就沒有離開那個海域。

「要麼一直在原地，要麼繞路回家，和我們的尋找路線不一樣。」本傑明先是逐步慢了下來，隨後對大家説道。

「為什麼繞路，魔怪也不知道自己被我們畫出了運行軌跡。」海倫搖搖頭，「或許它去了別的什麼地方。」

「現在該怎麼辦呀？」派恩憂心忡忡地問，他顯得無精打采的。

「再往前走一走。」南森並沒有放慢腳步，而是繼續向前，「實際路線和位置也許和我們的預判有誤差。」

大家跟着南森，繼續向前，他們又跑了一公里多，派恩又開始放慢腳步，一是他的確有些累了，另外他有些失望了。

「微弱的信號——」保羅忽然叫了起來，「就在前面。」

大家都愣了一下，南森隨即反應過來，他揮揮手，大家加快了步伐，向前面跑去。

「在我們前方五百米的位置，海面下一百五十米。」保羅邊走邊説，「啊，距離越來越近了，信號很明晰了。」

也就一、兩分鐘，他們就跑到了保羅探測出來的魔怪位置的上面，保羅説他探測出來，一條抹香鯨正在以每小時十一公里的速度前進，魔怪信號就是從這隻抹香鯨的身體裏發射出來的。

南森他們在海面行走着，保持着和抹香鯨游動的速度一致。南森先是向直升機駕駛員通報了自己的位置，並且讓兩架直升機飛到自己的頭頂上方，但是保持在八百米的高空，不要下降。

「現在，我們下去，包圍住它。」南森把防水的對講機收起來，隨後指了指海面之下。

本傑明和海倫大踏步地向前跑出去三百多米的距離，南森和保羅、派恩則沒有移動。看到本傑明和海倫跑到適合位置，南森通過耳機發出入海的指令。

大家一起垂直入海，海倫和本傑明將直接出現在魔怪正面，擔任阻截任務，而南森、保羅和派恩則會出現在魔怪身後，堵住它後退之路。

水下也是一片寂靜，一隻巨大的抹香鯨不停地向前游動，速度慢但一直不停止。抹香鯨孤獨地游着。忽然，它的前方出現了兩個極亮的光球，把水下照得通明，隨即，它身後也出現了兩個光球，幾條在這裏休息的小魚被驚醒，立即四散而逃。

那隻抹香鯨停止了游動，由於亮光球突然的照射，抹香鯨瞇起了眼睛。

本傑明和海倫游了過來，攔在了抹香鯨的正前方，兩人距離抹香鯨十米距離，都很冷峻地盯着它。

抹香鯨看到逼近的本傑明和海倫，轉身向後游去，這時它的面前出現了南森、保羅和派恩。

「魔怪就在裏面。」保羅一字一句地説，他的聲音在水中響起，因為折射，略有變聲和緩慢，但是大家聽得很清楚。

「你從鯨魚的身體裏出來吧，我們知道你是魔怪。」南森望着不遠處的抹香鯨，「你已經被包圍了。」

抹香鯨扭了扭身子，顯然，它並不想聽從南森的話。它低下頭，向下面游動了幾米，派恩立即同步下降，保羅也一樣，抹香鯨看到去路又被擋住，不再游動了。

南森也下降了幾米，抹香鯨身後的海倫和本傑明一樣下降，並且又向前靠了兩米的距離。

「你不要想着……」南森想繼續規勸，向前一步，說道。

「呼——」的一聲，抹香鯨的身體猛地一動，它那巨大的尾巴橫着就掃向南森，那速度極快。

南森一低頭，抹香鯨的尾巴從南森的頭頂掃過。

「嗖——」的一聲，本傑明的手一揚，一道閃電直直地射進抹香鯨的身體裏。接着，海倫也射出一道閃電，這道閃電從抹香鯨的尾部穿過。

派恩雙手，射出了兩道閃電，南森向下游動了兩米後，也開始向抹香鯨射出閃電。

抹香鯨的身體，頓時中了好幾道閃電，每道閃電射擊，抹香鯨就痛苦地扭翻着身軀。南森他們一起，雙手齊發，閃電的電光密集地射擊抹香鯨，抹香鯨大吼了一聲，身體完全翻轉過來，保羅的雙眼射出兩道紅色的光束，這不是探測的光束，這也是具有殺傷力的光束，抹香鯨搖擺着身體，海裏的水翻騰起來，但是這並沒有中斷南森他們的攻擊，他們努力地調整着水中的平衡，不停地射擊。

「嗚——」的一聲，抹香鯨又是一聲巨吼，隨後，它的身體裏跳出來一個人形的黑影，這個黑影四肢很長，脖子也長，相比之下腦袋要小很多，它長着尖尖的耳朵，雙眼黑洞洞的。

魔怪從抹香鯨身體裏鑽了出來，它忍受不了密集的閃電攻擊，抹香鯨龐大的身軀根本就躲閃不開閃電攻擊，南森他們不用瞄準都能把閃電射進抹香鯨的身體。

魔怪跳出來後，被海倫擋住去路。這時，抹香鯨已經不受魔怪控制了，牠扭了扭巨大的身子，游走了，大家當然也不去阻攔牠。

魔怪被大家團團圍住，它懸浮在水中，開始還有些驚慌地看着南森他們，不過很快就恢復了平靜，它的雙眼射出憤怒的光，盯着南森。

「你不要妄想着逃脫了。」海倫説着，掏出了捆妖繩。

魔怪回頭看了看海倫，一臉的不屑，它緊緊地握着拳頭。海倫突然一揚手，捆妖繩飛向了魔怪，魔怪長長的右手伸出，捆妖繩打在它的手臂上，馬上就要纏繞它，但是

魔怪晃了晃手臂，捆妖繩繞着它的手臂轉了兩圈後，飛了出去。

海倫一驚，看似簡單的動作，反映出這是一個很厲害的魔怪。

「你們也都不要多想了，抓不住我的。」魔怪突然開口了，它的聲音有些尖，不過每一個字大家都聽得很清楚。

「你這個水鬼——」保羅快速游了過去，張嘴就咬。

魔怪一閃身，隨後一腳踢開了保羅。這時，南森一道閃電射了過來，魔怪連忙一躲，躲開了閃電。

派恩的雙手，射過來兩道閃電，魔怪連忙躲閃，沒有被擊中。海倫和本傑明射出四道閃電，射向魔怪，它躲過前面兩道，隨後的兩道對着它的身體飛來，魔怪的身體來了一個錯位變形，身體完全扭曲，這是很多魔怪都無法完成的，兩道閃電射空了。

南森跳了一步，直接跳到魔怪面前，舉手就打，魔怪這次並不躲閃，揮手迎擊，兩隻手臂重重撞在一起，南森和魔怪都收回了手臂。魔怪一拳打向南森，南森連忙一躲，隨後出拳打在魔怪的後背上，魔怪的身體幾乎未動，南森暗暗吃驚。

海倫衝上來，飛起一腳，踢中了魔怪，魔怪的身體也只是輕輕晃了晃，隨即一拳打向海倫，海倫連忙一躲，但是還是被拳頭掃到，那巨大的衝擊力，讓海倫身體一歪，差點倒下去。

派恩游動到魔怪的腳下，他猛地伸出雙手，抓住了魔怪的腳踝。

「哈哈哈，抓住了——」派恩高興地叫了起來。

魔怪的身體急速一轉，派恩的雙手跟着轉動，帶動了他身體的轉動，派恩只能鬆開了手。

本傑明衝上去，一把就抱住了魔怪，隨即想用力扳倒它，但是魔怪用力一掙，本傑明當即就被甩了出去。

南森唸了句魔法口訣，他的雙臂變成了千噸鐵臂，對着魔怪就掃了過去，魔怪用手一擋，這次他遇到了沉重打擊，他的雙手往回一縮，身體也倒退了幾步。不過他沒有被掃中，它的身體打了一個九十度的折，千噸鐵臂從它的身體上方掃了過去。

派恩從魔怪身體下用力一竄，一拳打在魔怪彎折的身體上，魔怪連忙轉身，身體也立了起來，這時南森的手臂再次揮了過來，魔怪連忙一躲，它知道千噸鐵臂的厲害，不敢再去硬擋了。

海倫飛身過來，一腳踢在魔怪身上，本傑明則一拳打過來，打中了魔怪的後背，保羅對着魔怪的腿狠咬一口，

魔怪雖然很抗擊打，但是面對眾人的密集圍攻，一時也難以招架。它揮着拳頭保護着自己，同時四處躲閃。

看到魔怪開始抵擋不住，小助手們全都興奮起來，他們加快了攻擊，出手也更加猛烈。魔怪短時間內，就被打倒了兩次，它剛剛站起來，被南森的千噸鐵臂砸中，魔怪叫了一聲，身體飛了出去。

本傑明飛身上去，一下就抓住了魔怪的一條胳膊，海倫趁勢抓住了它另外一條胳膊。

魔怪的兩條胳膊，頓時變得無比細小，本傑明和海倫幾乎都抓不住了，同時，魔怪被抓着的胳膊上還有油脂般的東西溢出，兩條變得和線一樣細的胳膊輕易地就從本傑明和海倫的手中滑了出來。

魔怪的胳膊抽出來後，開始恢復原樣，不過就在這時，派恩撲上去，抱住了魔怪的身體，並且用力往後拉，魔怪的身體頓時變得像一根線一樣，油脂溢出，派恩根本就抱不住。魔怪當即就擺脱出來，抽身逃走。

南森追上來，一腳踢過去，但就像是踢在繩線上，魔怪身體順着南森的腳變形，隨後再恢復成原來的樣子。

「無形術。」南森驚叫起來。

魔怪回頭看了南森一眼，轉身就向遠處逃去，那速度極快。海倫追了過去，但是根本追不到。

「海倫閃開——」保羅衝了幾下，他後背的導彈發射架彈出。

「嗖——」的一聲，一枚追妖導彈射出。導彈直直地射向逃跑的魔怪，魔怪已經跑出去三、四百米。導彈很快就追上了它，就在導彈即將命中的時候，魔怪感覺到了身後的導彈來襲，它忽然變成了一條細線，導彈從細線邊劃過，一直向前飛行了兩百多米後，爆炸了。

魔怪迅速恢復體形，它繞了個方向，急速奔跑。保羅的第二枚導彈又射過去，魔怪又開始變形，導彈失去目標，射向遠處後爆炸了。

保羅知道兩枚導彈全部射空了，他略微猶疑了一下，還在考慮是否射出第三枚導彈，魔怪已經從他的鎖定螢幕上消失了。

「跑了，它跑了。」派恩在一邊喊叫起來，「這可怎麼辦呀……」

「博士，它真的跑了，我沒有炸中它。」保羅游到南森身邊，説道。

「打得過的時候就硬拼，打不過就用『無形術』脱身。」南森充滿無奈地説，「它會『無形術』，這是一種軟性法術，很難掌握，很難對付。」

「它可能會跑去巢穴去。」派恩游過來，説道，「我們追過去吧，在巢穴那裏抓住它。」

「它要是繼續使用『無形術』呢？我們追過去也沒什麼辦法。」南森搖了搖頭，「而且我們在水中消耗了很多魔力……我們先回去，恢復一下體力，繼續想辦法……」

南森他們一起浮上了海面，用對講機聯繫了兩架直升機的駕駛員。沒一會，兩架直升機降了下來，南森他們登上後，直升機便開始返航。

第十章　「鯨魚」船

返航途中，南森都沒怎麼説話，他靠着舷窗，一直在思考問題。

飛回到烏斯懷亞警察局，已經是凌晨時分了，斯尼爾局長沒有回家，一直等着南森他們回來。

海倫在直升機上，通過對講系統，已經把剛才海中發生的事情經過，報告了給斯尼爾。斯尼爾就在警察局配給南森他們的辦公室等候着，看見南森，他拿了一份資料，站了起來。

「你們走後一個小時送來的，也許對你們有幫助。」斯尼爾把資料遞給南森，「有關雪狐號的相關資訊，這條船是1816年出港後失去聯繫的，出港的目的是捕鯨，船上有五個人，其中有個人，叫莫拉諾，很有疑點。」

「什麼疑點？」南森立即問。

「這人一直練習巫術，平時為人很不和善，還欠了一大筆錢。」斯尼爾説，「關鍵是一直練習巫術。他們的船當年一定是沉沒了，船上的人都死了，這種練習巫術的人死後，好像能變化成魔怪……我當然也是聽説的。」

「你說的對，但是沒有那麼絕對，轉化成魔怪是要有一些條件的。」南森點點頭，他忽然想起了什麼，「資料是怎麼找到的？那時候還沒有警察局，也沒有海上救援機構。」

「當時的烏斯懷亞鎮有治安管理機構的，儘管並不叫警察，也沒有現在這麼完善，但一條船沒回來，船員家屬就報告了上去，管理機構有個簡單的記錄。被我們找到了。」斯尼爾說。

「非常感謝。」南森拿着資料，翻開看看，「我們會研究一下……啊，今天海裏發生的事，你都知道了？」

「海倫在飛機上就和我說了。」斯尼爾連忙說。

「那好，這份資料我們研究一下。另外，你先回去休息，明天我們還要找你幫個大忙……」南森很誠懇地說。

「是我們在請你幫忙。」斯尼爾有些不安地說，「有什麼事請儘管吩咐。」

「明天，明天會說。」南森說，「今天很晚了……」

斯尼爾局長走了。南森叫小助手們先去換衣服，拿起資料看了起來，資料記錄很簡單，都是斯尼爾說的那些話，只是這份資料很老了，兩百多年歷史了。

南森也去換了衣服，隨後來到了辦公室裏，小助手們全都等着他，夜很深了，但是小助手們睡意全無，剛才聽

南森的話，好像是有了什麼新的計劃一樣。

「我看了資料了，雪狐號上的這個莫拉諾的確是我們關注的重點。」南森説道，「剛才在海裏的魔怪，也許就是莫拉諾，這個不是最重要的，重要的是怎麼才能抓住那個魔怪。它那個『無形術』魔法，非常難對付，再硬的拳頭，打上去就像是打在棉花上，我們很用力，它根本就不用力，它這種柔術可以化解所有的攻擊。」

「我的導彈它都能躲過去，我就剩一枚追妖導彈了。」保羅急着説。

「老伙計，不要着急，不要着急。」南森擺擺手，「我再完善一下我的計劃，沒錯，我有個計劃，我是想……無論它多麼能夠以柔克剛，但是我們給它準備一個罐子，它鑽不出去的罐子，只要把它關在裏面，那麼它跑不出去。我們具體怎麼處置它，就是個時間問題了，關鍵是要先把它關進到罐子裏來。」

小助手們都看着南森，一時還不能夠清楚南森的意圖，他們都互相看了看。

「我有個辦法，能讓那個魔怪，主動到罐子裏來。」南森笑了笑，「我們先回酒店休息，明天我們就行動……」

第二天一早，南森他們來到警察局，見到斯尼爾局長，南森説需要一艘乘員二十人，長度在十五米左右、擁有航行動力的全封閉式救生艇，以及大批的外形改裝器材。南森把自己的計劃告訴了斯尼爾，他很是驚喜，連忙派人去找救生艇和器材。

救生艇很快就被找到，改裝器材也陸續運到，在烏斯懷亞港的一座港口倉庫前的空地上，南森帶着幾個小助手，以及幾名專業的裝修工人，開始對救生艇進行改造，這是一條桔紅色的救生艇，全封閉，在大海中不會翻側。南森已經畫了一張圖，他把圖拿給了裝修工人看。

南森的圖上，是一隻座頭鯨的外形，南森就是要把這條救生艇的外形改裝成一隻座頭鯨的樣子。這對那幾個裝修工人來説，並不難。

大家馬上就投入了工作，救生艇外形改裝，是幾個裝修工人充當主力，南森和幾個小助手全部在一邊幫忙。變裝的工作進展順利，到了下午，座頭鯨的外貌基本上出來了，從遠處看，就是一隻巨大的鯨魚在倉庫門口，不知道的人也許會認為那是一個標本。

真正的改裝難點，是南森需要在救生艇內加裝一個巨大的儲水罐，這需要專業的指導操作，斯尼爾從附近的造船廠，專門請來了工程師，夜幕降臨後，倉庫前的燈光全部打開，工程師帶領着大家改裝救生艇的內部結構。

為什麼南森要把救生
艇改裝成一隻座頭鯨
呢？憑它就能捕捉到
魔怪？

這是非常忙碌的一天，南森他們是在搶時間。此時阿根廷南部港口到南極的多條航線已經全部斷航了，只有儘快抓到魔怪，才能確保海上的安全，恢復航行。

第二天早上，南森他們早早起來，上午的時候，救生艇內外進行了最後的修整，中午的時候，救生艇內外全部改裝完畢，外觀還進行了塗色。漆乾後，由救生艇改造的「座頭鯨」就被推到旁邊的碼頭吊車下，吊車吊起救生艇，放到了水面上。南森在救生艇裏的控制室進行操作，他打開儲水罐，儲水罐加滿水後，開始下沉到海裏，救生艇一直下潛了一百多米，南森停止了下潛，這是一條救生艇，並不是潛艇，這基本上就是下潛的極限深度了。

測試完全合格，南森把「座頭鯨」升到水面，並用吊車吊到岸上。南森指導着裝修工人把「座頭鯨」的外貌按照水壓的要求，進行了調整和固定。隨後，他又和工程師將內部的儲水罐進行了最終的完善調整。

南森的改裝計劃完成，小助手們從隱蔽得很好的艙門進到「座頭鯨」的「腹內」。他們都很滿意這個改裝，對南森的計劃也都充滿信心。

斯尼爾局長得知改造成功，也來到港口，他進入到內艙去看了儲水罐，從裏面出來，他滿臉興奮。

「你的計劃一定成功，我可真是沒想到你有這樣精巧

的計劃。」從內艙出來後，斯尼爾對等在艙門的南森說。

「還需要你的進一步支援，今晚我們就出發，我還需要一條大型漁船。」南森說。

「已經準備好了，不過，真的不需要船員嗎？」斯尼爾問道。

「駕駛員需要一名，但是到了預定海域前，要搭乘直升機回去，剩下的交給海倫來完成。」南森肯定地說，「我們面對的是一個很有魔力的魔怪，不懂魔法的普通人不能進入那片海域，一切由我們魔法偵探來解決。」

「好的。我明白。」斯尼爾點點頭。

斯尼爾去調度漁船，他告訴南森，漁船半小時後就能開到這裏，晚上他們將從這裏出發。斯尼爾走後，南森又進到船艙裏，開始熟習裏面的操作。而海倫他們，則進進出出的，他們一直都很興奮。

「看來，有了這條『座頭鯨』，我能省下最後這枚導彈了。」保羅很是滿意地說。

「上次你的導彈打那個魔怪，就像是打空氣，還是省下來吧。」本傑明說，「哈哈，我都能想像那個笨傢伙到時候吃驚的樣子了……」

南森借來的漁船，沒有名字，只有一個「107」的編號，這條107號漁船，半小時後果然開到。海倫馬上登上漁船，和裏面的駕駛員學習開船，駕駛員把船開出去了一會，海倫在旁邊認真地學習着，沒有完全學會也沒關係，晚上起航後，海倫會全程跟在旁邊學習。這條漁船比較大，也更加現代化，操作起來不是那麼容易。

南森他們和船員，直升機駕駛員一起吃了晚飯。隨後，他們回到各自的崗位上。按照南森的要求，他們晚上九點出發，漁船和救生艇改裝的「座頭鯨」一起走，第二天一早的十點左右，就能到達預定海域。直升機在第二天早上的九點出發，前去預定海域接走駕駛員。

晚上九點，在燈火通明的烏斯懷亞港，南森他們啟航了。海倫坐在的漁船第一個駛出港口，南森駕駛的救生艇緊緊地跟在後面，保羅、本傑明和派恩都坐在救生艇的艙室裏，他們回看着遠去的烏斯懷亞港，充滿信心。救生艇的駕駛室瞭望口，被巧妙地開了一個瞭望窗在「座頭鯨」的後背上，從外面看根本就看不出來。

海倫一直在駕駛員身邊，看着他的駕駛，聰明的她很快就掌握了駕駛的技術。海倫看着駕駛台上的操作螢幕，上面顯示着魔怪所在的那條沉船——雪狐號的位置，他們正在全速開向這個地方。魔怪逃走後，一定會回到這裏，本來魔怪就是在返回巢穴時被南森他們截住的。

海面上沒有任何船隻，風浪幾乎沒有。海倫接過駕駛權，在駕駛員的督導下，開了幾十公里，她的感覺好極，她完全能操作駕駛了。

第十一章　進艙的魔怪

救生艇裏，微微搖晃着前行的船隻，讓本傑明和派恩很快就靠着加裝的儲水罐睡着了，保羅則一直在南森身邊，和他說着話。凌晨一點多，他們就開到了德雷克海峽上。

半夜後，兩條船都換了駕駛員，南森這邊，本傑明接替了他。漁船上，海倫已經掌握了駕駛技術，親自開船，穩穩地跟在救生艇後面。

兩條船保持着勻速，駛向魔怪巢穴。天亮後，大家迎來了一個晴空萬里的天氣，海面非常平靜。海面上飛行的海鳥，看到了一條大半截身子露在水面上、破浪前行的大鯨魚，都感到很奇怪。幾隻膽子大的海鳥，居然落了在鯨魚後背上。

「還有一百公里，你讓我開一會。」派恩站在本傑明身邊，他也想開船。

「你騎滑板車都摔跤，還想開船呢。」本傑明沒好氣地說，「睡你的覺去。」

「都已經白天了……」派恩還是想開船，站在駕駛台那裏不肯走。

「你小點聲，博士還在休息。」本傑明瞪了派恩一眼，忽然，他看到了舷窗前的一幕，「啊，真的鯨魚——」

一條巨大的鯨魚，在前面二十多米遠從海中一躍而出，隨後又重重地落在海裏。

本傑明連忙停船，隨後抓起了對講機。

「漁船107，停船，前面有鯨魚活動。」本傑明急促地說。

這時，又有一條鯨魚從水面躍起，然後砸向海中。鯨魚落海造成的水面波瀾把救生艇沖得左右晃動。

「怎麼停船了？」南森說着話來到駕駛台旁，問道，「晃得這麼厲害。」

「前面有兩條鯨魚，真的鯨魚。」派恩搶着說，「兩條藍鯨。」

「那就等牠們離開再開船。」南森看着前方，「很好，處理得當。」

本傑明得意地笑了笑。兩條鯨魚一前一後地游走了。本傑明開動了救生艇，隨後叫後面的漁船跟上。

兩條船一前一後再度起航，早上十點，他們來到了目標地前五公里處。九點的時候，本傑明通知直升機前來接走漁船駕駛員，他們剛把船停下，天上就傳來直升機的轟鳴聲。

漁船的駕駛員走出駕駛艙，直升機已經下降，並且扔下一條升降繩，海倫幫助駕駛員把繩子綁好，駕駛員升到

了直升機上。直升機轉頭飛走。

「博士，駕駛員走了，現在都是我們魔法師了。」海倫的聲音從對講機傳到救生艇的駕駛室裏，「我們正式開始計劃吧。」

「好的。」南森說道，「我們向前，先到魔怪所在的沉船上去……老伙計，隨時播報魔怪回饋信號。」

「是，博士。」保羅晃了晃頭，「魔怪一定在沉船裏，它還能去哪呢……」

兩條船開始向前進發，很快，他們就開到了沉船上方。

「在！真的在！」保羅激動地說，「極其強烈的魔怪信號，和我前幾天收錄的完全一樣，它就在沉船裏！」

「博士，我們要停在沉船的正上方嗎？」本傑明焦急地問。

「嗯，就停在正上方。」南森說着拿起了對講機，「海倫，你把船停在我們左側一百米的地方。」

南森停了船，此時他接管了駕駛。他看了看舷窗，海倫已經駕駛着107號漁船，開向自己的左側了。

「我們現在開始下潛。」南森看了看幾個小助手，點了點頭。

本傑明和派恩立即來到艙室內，一左一右地坐好，手扶艙室兩側的長椅背。保羅則站在南森身邊，不時地報告着探測回饋。

南森開始向儲水罐裏注水，不一會，救生艇就開始在原地下沉，很快就沉到了海面下。南森控制着儲水罐的水量，救生艇緩緩地下沉，很快就沉下去幾十米。

由於海水的壓力，救生艇的艇身有些聲響傳來，本傑明和派恩都緊張地坐在那裏。海面上，海倫遠遠地看着救生艇下沉後，水面翻上來一些水花。

救生艇下潛了大概一百五十米，南森停止了下潛，這個距離幾乎已經是下潛極限值了。

「博士，我們距離魔怪三百米左右，它就在沉船裏，一動不動，像是在休息。」保羅報告說。

「好的。」南森點點頭，「老伙計，用次聲波驅趕。」

「是。」保羅答應一聲，向前邁了一步，他張開嘴，嘴巴對着更深的海裏。

保羅發出一陣陣的次聲波，這種次聲波人類聽不到，但是鯨魚和海裏的其他魚類，全都能聽到，並且對這種聲波極其反感，聽到後就會紛紛離開，躲避這種聲波，不過魔怪是聽不到這種聲波的。

保羅對着海中發射次聲波達五分鐘之久，南森在一邊

和海面上的海倫聯繫着。保羅算了一下時間，停止了次聲波發射。他看了看南森。

「可以了，我保證沉船附近沒有任何魚了，特別是鯨魚。」

「很好。」南森淡淡一笑，「那麼下面，我們的演出就要開始了。」

説着，南森拿起了對講機。

「海倫，行動吧。」

「收到。」海倫的聲音傳來。

漁船上，海倫放下對講機，隨後開動了漁船，她讓漁船向前開了二十多米，隨後開始在原地繞圈子。

「嗚——嗚——嗚——」海倫開始連續按下漁船上的汽笛，那汽笛的聲音響徹了海面。

水面下，保羅密切監控着沉船裏的那個魔怪，由於在距離三百米的海中，而且是深海，他們互相都看不到。

海面上，漁船轉着圈子，海倫還故意操作着漁船左右搖晃，掀起巨大的水花，汽笛聲更是響徹不絕。

「博士，它動了，它要出艙了！它是敏感的魔怪，聽到了海面的動靜！」救生艇的駕駛室裏，保羅忽然激動地説。

「好的，我們也開始吧。」南森説着就發動了救生艇，他看看艙室內，「大家都做好準備。」

本傑明和派恩更加緊張了，他們做好了戰鬥的準備。

南森將「座頭鯨」又向下降了五米，隨後開始操控「座頭鯨」劇烈地擺動，這樣就能引起魔怪的注意。

「博士，魔怪在往上升呢，我們就在它上升的路徑上。」保羅激動地報告說，「一分鐘就能到我們這裏。」

「它發現船隻了，有送上門的船，它一定想下手。撞船就要鯨魚，我們就是它唯一選擇。」南森説着加大船身的搖擺力度，這樣能引起魔怪的注意，「做好準備——」

魔怪從沉船出來後，一路上升，即使在黑暗中，它也能看清一百米外的景物，它知道有一條船在海面上，距離自己很近。它想要撞沉那條船，吞食落水的人，但是很奇怪，周圍別説鯨魚了，就連一條小魚也沒有。

魔怪一路上升着，突然，它興奮起來，它看到一百米外，有一條座頭鯨在游動，而且這條座頭鯨體型巨大，就在自己的上升通道上。

魔怪加快速度，來到了座頭鯨的身邊。座頭鯨看到魔怪也沒有逃走，而是搖擺着身體，游動着，也不知道要去哪裏。它唸了句魔法口訣，縱身一躍，當即就鑽進了座頭鯨的體內。

救生艇的艙室內，燈光明亮，本傑明和派恩一左一

右，緊張地等待着。

「開始附體了。」保羅用儀器探測着魔怪的一舉一動，他看到了魔怪的切入動作，立即喊道，聲音不會傳到救生艇外去。

救生艇的艙室裏，一個影子飛一樣地就從艇壁鑽了進來，黑影鑽進來後就地一滾，半蹲在地上。它完全愣住了。

本傑明和派恩都盯着它，南森已經關閉了動力系統，救生艇懸停了在海中。南森手裏拿着對講機，也直直地看着那個魔怪。

南森的計劃就是這樣，讓海倫開船吸引魔怪注意，它一定想着撞船，所以必須鑽進整個區域唯一的「座頭鯨」的身體裏來。

「嗨，午安。」保羅走出駕駛室，駕駛室和艙室是連在一起的，保羅擺擺手，「沒休息好吧，都有黑眼圈了，噢，我忘了，你一直都是黑眼圈……」

「這、這……」魔怪完全傻了，它腦子裏在飛速地想着，自己怎麼會在這裏。它明明就像以前一樣，鑽到鯨魚身體裏，用法術操縱鯨魚，可是現在卻在一條船的艙室裏，而且還面對着幾個魔法偵探。

「你是不是叫莫拉諾，兩百多年前沉沒在這裏的？」

南森問道，「你曾經是個漁船上的船員。」

「啊？」魔怪大吃一驚，它瞪着南森，「你、你怎麼知道這些……」

「我們可以好好談談，你現在需要安靜下來，你跑不了，真的，不要做無謂的嘗試。」南森説着舉起對講機，「海倫，停船吧，它進來了。」

「哇——」魔怪大喊一聲，隨即就向艙體撞去，它想要跑出去。

本傑明當即就攔在了魔怪的身前，他用力一推，推開了魔怪。魔怪就地一滾，隨後向另一邊鑽去。

派恩早有準備，他伸手擋住魔怪，魔怪再次被推倒。它倒地後站起來，大喊着向派恩一拳打去，派恩迎上去擋了一下，但是魔怪出拳兇狠，派恩連連後退幾步。

「整體鋼鐵牆——」南森唸了一句魔法口訣，隨後快步衝向魔怪。

整個駕駛室和艙室的內部，形成了一道無影鋼鐵牆緊貼着艙壁，完全封閉起來。南森則衝到魔怪身前，伸手就是一拳，魔怪連忙迎擊，他倆打了在一起。

本傑明和派恩上去，看準機會就出拳踢腳，猛地打了魔怪幾下，魔怪和他們交過手，知道自己一個打不過這麼多魔法師，它此時只想着逃走。

魔怪用力一揮手，擋開南森的攻擊，它向後跳了兩步，轉身又想鑽出船艙。本傑明跳過去，一把抓住了魔怪的肩膀。魔怪身體一抖，頓時變得像是麵條一樣，全身軟下來，倒在地上。

派恩上去用腳猛踩魔怪，魔怪游動着向前猛竄，它的腦袋撞擊艙壁，唸出一句穿牆術口訣，但是它迎面撞在了無影鋼鐵牆上，身體被彈了回來。

「啊？」魔怪一愣，盯着眼前的艙壁。

「都和你説了，你跑不了了。」派恩説道，「你看你，就是不聽，人和人之間要有信任，噢，不對，你是魔怪……」

魔怪身體恢復成原來的樣子，對着艙壁再次撞去，「咣」的一聲，它的身體被重重地彈了回來。

「還不死心，我來——」保羅大喊一聲，他的後背探出了導彈發射架。

「嗖——嗖——嗖——」三塊鵝卵石從導彈發射架裏飛了出來，依次打在魔怪身上。魔怪疼得大叫着，身體連連後退。

南森衝過去，一把抓住魔怪的胳膊，魔怪故伎重演，它當即變得很軟，胳膊變得像鉛筆一樣細，還溢出油脂，它飛快地把胳膊從南森手掌中抽出來。

「哎，那我們就不抓你了，你自己跑吧。」南森説着坐在了長椅上，看着魔怪，「我看看你怎麼鑽出去。」

魔怪脱身後又去鑽艙壁，但怎麼也鑽不出去，它倒退後來，氣喘吁吁地站在那裏。本傑明和派恩都都站在它身邊，這次都沒有去阻止它。

「還想試試嗎？」派恩嘲弄地問。

「嗨——」保羅向前跳了一步，隨後抬起導彈發射架，對着魔怪的臉，嚇唬它。

魔怪連忙後退一步，它擋着臉，害怕保羅再射出鵝卵石攻擊它。

第十二章　返航

保羅沒有再次發射，實際上他只有一枚追妖導彈了，不可能發射出來。魔怪放下了手，看了看大家。

「放過我，我錯了——」魔怪知道跑不出去，突然跪在了南森面前。

「你跑不了的。」南森説着看看本傑明和派恩，「把它先捆起來。」

本傑明和派恩各自拿出自己的捆妖繩，把魔怪捆住，讓它靠在椅子上，魔怪的身後，就是無影鋼鐵牆。

「特殊版本的捆妖繩。」派恩看看魔怪，「不要想着你會『無形術』，能變小變軟逃走。你怎麼變，只要捆妖繩捆住你，就會跟着你變。」

「饒了我吧，我不會跑的。」魔怪哀求着説。

南森走到駕駛台，啟動了動力系統，他開始上升救生艇，隨後拿起了對講機。

「海倫，我們已經抓到魔怪。」南森説道，「現在正在上浮。」

「太好了，博士，我等着你們浮上來。」海倫興奮的

聲音傳來。

「你們、你們耍我，你們算計我。」魔怪很是懊惱地說。

「還抱怨起來了。」派恩冷笑起來，「一個害人的魔怪，還不服氣呢。」

救生艇慢慢地上升，最後浮上了海面。南森收起了鋼鐵牆，他們打開艙門，海倫的漁船已經開了過來，停在了救生艇的旁邊。海倫把漁船緊緊地靠住了救生艇。

本傑明和派恩，抓着被結實地捆着的魔怪，上了漁船，保羅也跟了上去。南森則接過一條海倫拋過來的繩子，繩子的一端在漁船船尾，另一端綁了在「座頭鯨」的嘴裏。隨後，南森關閉了救生艇的側門，來到了海倫駕駛的漁船上。

魔怪被捆妖繩捆着，垂頭喪氣地坐在漁船駕駛艙的一把椅子上，它的左右兩邊站着本傑明和派恩，海倫也在一邊盯着它。

「這傢伙真的一頭就撞進我們的救生艇裏了。」保羅眉飛色舞地對海倫說。

「海倫，開船吧，我們返航。」南森對海倫說道。

海倫答應一聲，走到駕駛台，啟動了漁船。漁船拖着「座頭鯨」，向烏斯懷亞港駛去。海倫已經通知了警察局，魔怪已經抓到了。

南森看了看魔怪，走到它身邊。魔怪也看了看南森，不過很是害怕地低下了頭。

「你們饒了我吧，我就是吃了……一些人。」魔怪低着頭，忽然説道。

「説得可真輕鬆呀。」南森搖了搖頭，有些憤怒，「你叫什麼名字？」

「莫拉諾，你好像知道。」魔怪小聲地説。

「果然是你，莫拉諾，曾經是捕鯨船船員。」南森點點頭，「那麼，你就老實説吧，這一切都是怎麼回事？我們能抓住你，當然了解了你的情況，但是我現在問的是細節。你活着的時候，練習過巫術？」

「是的，我想成為一個巫師，就練習了巫術，不過我沒有練成。要是練成當了巫師，我也就不會去當船員了。」叫莫拉諾的魔怪説，「很難練呀，我都是自己練的，就是有些初步的水準……」

「這個我們知道，你練習巫術這段時間，有沒有去傷害別人？」南森進一步問。

「沒有，絕對沒有。」莫拉諾立即搖着頭説。

「那麼你的死因呢？你怎麼就變成魔怪了？」南森繼續問，「你要是心裏沒有些怨氣和恨意什麼的，即使練習

巫術，死後也變不成魔怪呀。」

「我……」莫拉諾的聲音小了很多，「我……我就全說了。我借錢造了條漁船，僱用別人出海捕魚，原本想發財，但是船遇到風浪，沉了。我欠了一大筆錢，我就去漁船上當水手，賺錢還債……我上了一條叫雪狐號的船，跟他們出海捕鯨魚，我們真的抓到一條大鯨魚。返航的時候，我和船長說，我想還債，賣了鯨魚要多分些錢。他卻說我剛上船，分錢也是最少的，我們吵了起來，我最後就……」

「你殺人了？」本傑明連忙問。

「我、我們爭執起來，我就殺了船長，另外兩個人幫着船長，也被我殺了。」莫拉諾說，「我會一些巫術，他們打不過我。」

「還有一個人呢？」本傑明又問，「我記得有五個船員。」

「剩下的那個人被我脅迫，我想把船開到戈登港去，那裏在現在的智利，我想連鯨魚和漁船一起賣了，這樣就有錢了。」莫拉諾說到這裏，表現出一副無所謂的樣子，「我和那個人就把船往戈登港開，只要開三天就能到。」

「但是怎麼沒有到呢？」南森問，「你們怎麼都死了？這期間發生了什麼？」

「那個人，他居然偷襲我，讓我受了重傷，我反手把他也殺了。」莫拉諾咬牙切齒地說，「結果當晚，翻起了大風暴，我一個人，勉強能駕駛那條船，但是我受了重傷。船當時在風暴中漂蕩，輪機鍋爐出了故障，我去修理的時候，船被巨浪打翻了，我被扣在船艙裏，死了。我當時當然怨恨呀，我要是把他們一起都解決了，就不會被偷襲受重傷了，出了故障後很快就能排除然後上去開船，船也就能避開巨浪了。帶着這股怨氣，帶着這種仇恨，我死了以後沒多久，就變成了怨靈魔怪。」

「那個鍋爐艙室裏的骷髏和骨頭，都是你的？」本傑明很是吃驚地問。

「就是我的。」莫拉諾點點頭，「這兩百年來就漂在裏面。」

「這一切都是你自己造成的，你要是沒有歹念，去殺害船長和船員，你們的船也不會沉沒。」南森冷冷地說，「結果你還有怨氣了，真是奇怪。」

「隨你怎麼說吧。」莫拉諾不服氣地說。

「你最近才作案，是因為你以前不夠強壯，現在才有足夠的魔力去控制鯨魚撞擊輪船，然後吞食落水者？」南森帶有推斷地問道。

「是的，最先開始我就是個氣團，水裏的氣團，被魚

一撞就漂很遠。」莫拉諾點點頭。

「附體鯨魚，撞擊漁船，你怎麼有這個想法的？」派恩突然問道。

「我是個船員。」莫拉諾看了看派恩，「我親眼看到過一條藍鯨撞擊一條捕鯨船，那條船殺了牠的孩子，所以最終被藍鯨撞沉了。一般鯨魚是不會攻擊船隻的……通過這件事，我後來就有了這個想法，並且實行了。」

「你第一宗作案是前幾天撞擊一條漁船，船上五個落水船員被鯨魚吞食了，也就是被你吃了，對嗎？」南森依舊冷冷地問。

「是的。」莫拉諾又點點頭，「說實話，前兩天遊艇上的兩個人也是被我撞沉後吃了。」

「那你是怎麼挑選鯨魚附體的呢？」南森繼續推斷地問，「隨機嗎？」

「隨機的，找身邊的鯨魚附體，找到哪個算哪個，只要個頭不要太小。」莫拉諾說。

「前些天，也就是你第二次發現我們，從水底直升來頂翻我們那次，你一定是看出了我們是魔法師。可是你是怎樣發現我們的？」南森很是好奇地說。

「從很遠處看到的，我的視力好極了，比你們魔法師都要好，我在深海裏都能看到一百米外的東西。」莫拉

諾還有些得意地説，「那天我在一千米外就發現你們開着一條小船了，我認出了你們，就潛水游過去。我知道你們有儀器，就盡最大可能在海底前進，到了你們的船下就急升，把你們的船撞沉了。」

「嗯，我沒有問題了。」南森説着看了看幾個小助手。

「全都明白了，我們也沒有問題了。」本傑明先是看看駕船的海倫，又看看保羅和派恩，隨後説道。

「你們、你們要怎麼處置我？」莫拉諾有點慌了，它扭了扭身子，似乎還想擺脱束縛，「我不過就吃了一些人，啊，那都是鯨魚吃的，我、我也需要生存下去，你們饒了我……」

「我們會先把你帶回去，一切到完全進行證據落實後，把你收進裝魔瓶裏。」南森盯着莫拉諾，「你會為你的行為付出代價。」

「你們……饒了我，我錯了，我真錯了，饒了我——」莫拉諾哀求起來，言語裏充滿了恐懼。

「一切都晚了。」南森轉過身去，他看了看本傑明和派恩，「你們看好這個傢伙。」

本傑明和派恩答應一聲，保羅則圍着莫拉諾轉了一圈，看看它是否被捆得結實。

南森走到海倫身邊，兩人相互點點頭。前面的大海一片碧藍，他們正在全速向回駛去。

尾聲

回到倫敦，已經是半個多月以後的事了。烏斯懷亞市對南森他們大為感謝，一再挽留他們在這裏多玩些日子。南森他們本來就是來旅遊的，處理好這個案件，完成了原本的賞鯨之旅後，又多玩了一周，乘坐遊艇出海釣魚、潛水……

小助手們都玩得不想回到倫敦了，但是畢竟是職業的魔法偵探，他們最終依依不捨地回到了魔幻偵探所。

這天下午，南森開車帶着小助手們去城北一座大型超市採購，回來的時候，南森把車開到加油站加油，前面還有幾輛車在加油，大家都下了車等待。

「喂——看呀，那是什麼——」派恩興奮地指着南森他們身後的一輛車，喊道。

南森他們的車後面，是一輛很普通的客貨兩用車，不過這輛車還拉着一艘漂亮的白色遊艇，白色遊艇被固定在一個四輪的托架上，看樣子和南森他們在烏斯懷亞乘坐的遊艇差不多。

「嗨，我説先生……」派恩向遊艇走了過去，他一臉興奮。

客貨車的司機站在車外，看到派恩過來，點了點頭。

「這艘遊艇，是您的嗎？」派恩很有禮貌地問道。

「噢，是的，新買的。」那位先生點了點頭，「準備去開到海岸邊的紹森德去，從那裏下海去玩一玩。」

「噢，真不錯。」派恩羨慕地看着那艘遊艇，「你的遊艇是不是雙機雙槳柴油動力推進系統，功率很大，很先進的？」

「是呀。」那個先生很是驚訝地點點頭。

「那是不是使用四葉鎳鋁青銅合金推進器呢？」派恩又問。

「你很懂呀。」那位先生連連點頭，「是的。」

「嗯，這艘遊艇是不是要四十萬鎊？」派恩的表情更加羨慕了。

「嗯，是的。」

「那麼。」派恩看看那位先生，一臉嚴肅，「你的錢是怎麼弄來的？」

「啊？」那位先生一愣，「這……」

「派恩，你問得太多了。」海倫跑過去，把派恩拉回來，她看着那位先生，「對不起，對不起。」

南森他們看着派恩，全都笑了起來。

推理時間

麥克警長，蘇格蘭場（倫敦警察廳）高級督察，南森和警方的聯絡人，也是一名大偵探，屢破奇案。當然，他所偵辦的都是人類世界中的案件。一起來看看他偵辦過的案件，運用你的推理能力，想一想他是如何破案的呢？

不在現場

喬伊斯先生周六早上被發現在家中遇害，這天他原本要和同事特利去釣魚，特利九點就去到他家，發現門沒有關，就走了進去，發現倒在客廳的喬伊斯。

麥克警長帶人來到現場，法醫鑒定喬伊斯是早上七點左右被殺害的，而特利則把麥克叫到一邊。

「你們查一下，是不是我們另一個同事希爾森幹的呀，因為他和喬伊斯有很深的矛盾，前幾天就揚言要殺了喬伊斯。」特利語氣沉重地說。

麥克帶着兩個警員前往希爾森家調查，希爾森家門外地方很小，麥克他們停車的時候差點撞到門外豎立的信報箱上。他們叫了好半天的門，希爾森才穿着睡衣開門，他好像剛睡醒。

麥克坐在客廳的沙發上，看了看茶几上一份當天的《倫敦早報》，隨後向希爾森説明了來意。

「我只是説説呀，我對好幾個人説過要殺了他們，他們不是都活得好好的嗎？」希爾森笑了起來，「同事間生氣説的話你也相信？告訴你，我一直在家裏睡覺呢，從沒有出去過，因為我昨晚很晚才睡。」

「我們來之前，你從沒有出過家門嗎？」麥克冷冷地問。

「絕對沒有，我一直睡覺呢！你説喬伊斯是早上七點被殺的，那時候我還在睡覺呢，所以我不在現場。」希爾森大聲地説，「我家這扇門在你們來之前，我就沒開過！」

「從喬伊斯家到你家，大概要一小時吧？」麥克問道，「我了解過了，你以前去過他家。」

「對呀。」希爾森點了點頭。

「行了，不要演戲了。」麥克站了起來，「你早上出過門，你在撒謊，你為什麼欺騙我們呢？」

麥克說出了理由，希爾森當即愣在那裏，隨後承認撒謊，而喬伊斯就是他殺害的。

請問：麥克警長是怎麼發現希爾森在說謊的？

答案：麥克警長在希爾森家裏的茶几上發現了當日的《倫敦早報》，只有外出過，才能從門外的信報箱裏拿出當日的報紙並放回家，所以因此麥克警長判斷出希爾森在說謊。

下冊預告

魔幻偵探所 52

草林皆兵！魔怪就隱身於幽暗森林之中？

法國一個幽暗森林中，接連發生獵人死亡事件，死者都是後腦受創，而且致命傷口極細小。警方綜合現場的物證，已能鎖定是魔怪所為！

奉命來到調查的南森一行人，在廣大森林之內只見樹木和鳥獸，搜查工作不但一籌莫展，他們還遭到一羣樹精靈的襲擊。難道今次的兇手是變異了的精靈？

魔幻偵探們即將接受更離奇的任務！

④ 古堡迷影

穿越到十一世紀的圖林根，解開古堡「魔鬼」之謎！究竟城堡裏發生了什麼事？

⑤ 石器時代的大將

穿越到新石器時代，追捕被通緝的「毒狼集團」成員，卻被一個騎着豬的大將捉住了……

⑥ 龐貝古城行

穿越到公元前 55 年的斯塔比亞城，解救被「毒狼集團」綁架意大利投資家！

⑦ 百年戰場上的小傭兵

穿越到 1415 年法國阿金庫爾鎮東面的尚松森村，追捕「毒狼集團」意大利地區首領，卻被誤會為僱傭兵……

⑧ 銅器時代登月計劃

穿越到銅器時代的一個地中海小島追捕「毒狼集團」成員，卻被村民綁了起來，用作試驗「登月計劃」！

⑨ 加勒比海盜大戰

穿越到十七世紀的加勒比海，追捕毒狼集團成員「加西亞」。怎料在路途中遇上海盜，一場加勒比海大戰一觸即發！

⑩ 與莎士比亞絕密緝凶

穿越到 1577 年的史特拉福鎮，緝拿毒狼集團成員「加雷斯」，拯救被挾持的少年莎士比亞！

⑪ 特洛伊攻城戰

穿越到三千多年前的邁錫尼文明時期，追捕毒狼集團慣犯庫拉斯，竟陷入特洛伊戰爭的險境之中……

⑫ 智保梵高名畫

最新出版

穿越到 1886 年的比利時安特衞普市，保護世界頂級畫家梵高的名畫，阻止毒狼集團的偷畫奸計！

各大書店有售！ 定價：HK$65/ 冊

魔幻偵探所 51

憤怒的巨鯨

作　　者：關景峰
繪　　圖：陳焯嘉
責任編輯：黃楚雨
美術設計：李成宇
出　　版：新雅文化事業有限公司
香港英皇道499號北角工業大廈18樓
電話：（852）2138 7998
傳真：（852）2597 4003
網址：http://www.sunya.com.hk
電郵：marketing@sunya.com.hk
發　　行：香港聯合書刊物流有限公司
香港荃灣德士古道220-248號荃灣工業中心16樓
電話：（852）2150 2100
傳真：（852）2407 3062
電郵：info@suplogistics.com.hk
印　　刷：中華商務彩色印刷有限公司
香港新界大埔汀麗路36號
版　　次：二〇二二年七月初版

ISBN：978-962-08-8037-7

18/F, North Point Industrial Building, 499 King's Road, Hong Kong
Published in Hong Kong, China
Printed in China